Einaudi Tascabili. Stile libero noir
1070

Dello stesso autore nel catalogo Einaudi

Fiori alla memoria

Le piste dell'attentato

Loriano Macchiavelli
Ombre sotto i portici

Einaudi

www. einaudi. it

88-06 -15754 - x

Ombre sotto i portici

1. Una fredda, movimentata notte d'inverno...

Ma se devo iniziare come Dio comanda e com'è giusto e logico iniziare, devo partire dall'ufficio dell'ispettore capo Raimondi Cesare e da Sarti Antonio, sergente, raggomitolato sul sedile dell'auto 28, in giro per la città, a tenersi la pancia per i morsi della colite... E a sognare (Sarti Antonio, sergente) il bagno di casa sua come una liberazione.

Dunque, l'ispettore capo Raimondi Cesare (che se ne sbatte della colite e del bagno) ha steso sul suo tavolo un manifesto, bello, colorato e pieno di scritte. Dice circa cosí:

> Studenti, operai, cittadini, la situazione nazionale è insostenibile! Le scuole non funzionano, il costo della vita non ci permette piú di sopravvivere, il lavoro nelle fabbriche è alienante, la polizia fascista reprime i movimenti di base, arresta e uccide i nostri compagni! Diciamo basta a questo stato di cose! Diciamo basta a questo Stato! Vogliamo una società che nasca dalla rivoluzione operaia e studentesca! Tutti al teatro *Sanleonardo*, questa sera alle ore 21. Il movimento rivoluzionario di base stampato in proprio.

Non si capisce bene se questa sera alle ore 21 al teatro *Sanleonardo* (proprio tutto attaccato: *Sanleonardo*) nascerà la società dalla rivoluzione operaia e studentesca (perché anche non contadina?) o se il movimento rivoluzionario di base ha deciso di stampare in proprio e lo farà questa sera al teatro *Sanleonardo*.

Sta di fatto che la città è piena di questi manifesti, affissi in proprio, oltreché stampati. Cosa che ha dato un grosso dispiacere al Raimondi Cesare, ispettore capo. Non tanto per quella «polizia fascista» che poi non sarebbe neppure un gran male, ma per il fatto che le pattuglie, durante la notte, non hanno trovato un cane in giro per la città, che affiggesse i manifesti.

Passavano per una strada bella nuda e pulita e dopo tre minuti, quando ci ripassavano, eccola là, tutta tappezzata!

Raimondi Cesare, ispettore capo, non la manda giú. Se chiunque può affiggere le sue cacate senza che la polizia se ne accorga, allora, chiunque può prendere d'assalto il ministero dell'Interno, la Prefettura, la Questura, la sede della Rai-Tv, quella delle Poste e telecomunicazioni e via dicendo.

Cosí si attacca al telefono:

– Stasera voglio due camionette a Porta San Vitale, due in vicolo Bolognetti, due in piazza Aldrovandi e due davanti al Comunale. Voglio il collegamento radio continuo fra loro e con la centrale! Voglio che gli uomini siano equipaggiati e pronti a intervenire! Voglio Sarti Antonio nel mio ufficio!

– Stasera?

– Sarti Antonio lo voglio subito!

– È di pattuglia con l'auto 28...

– Chiamatelo!

– Centrale chiama auto 28... Centrale chiama auto 28...

Sette minuti dopo, Sarti Antonio, sergente, ansimante, sudato e con le mani ancora rattrappite sul ventre, è davanti alla scrivania di Raimondi Cesare.

– Mi ha fatto chiamare?

– Ecco, bravo. Siediti, siediti... Hai visto? – E gli sventola davanti agli occhi il manifesto. – Hai visto?

– Sí, ce ne sono dappertutto...

– Lo so. E nessuno, è vero, come si dice, ha visto mentre li affiggevano!

– Capita.

– Un accidente. Vorrei sapere dove guardate quando siete di pattuglia...

– Io ero a letto...

– Non dico a te, dico a tutti! – Si rilassa un po' perché sente che gli sta salendo la pressione e cominciano a bruciargli le orecchie. Si rilassa, tira un bel respiro profondo e riattacca, piú calmo: – Voglio sapere chi sono questi «rivoluzionari di base» e tu, è vero, come si dice, questa sera andrai là dentro.

– Non si può.

– Cosa vuol dire?

Sarti Antonio, sergente, cerca di spiegarsi: – Ecco: questo teatro *Sanleonardo*, come lo chiamano, è un circolo privato... cioè: è una chiesa sconsacrata che qualcuno ha sistemato con sedie, palco, riflettori e tutto il resto e l'ha adattata a teatro. Poi hanno fondato un circolo culturale e può entrare solo chi ha la tessera. Insomma hanno sistemato le cose in modo da chiuderci fuori e fanno i comodi loro.

– E tu iscriviti al circolo. Prendi la tessera, è vero, come si dice, ed entri anche tu.

Sarti Antonio lo guarda come guarderebbe il suo cane se avesse un cane. La colite ha cominciato a disturbarlo dal mattino presto e dal momento che ha sentito: «Centrale chiama auto 28! Il sergente Sarti a rapporto dall'ispettore capo Raimondi Cesare...» i morsi sono diventati addirittura feroci. Dice, piú calmo che può:

– Mi conoscono tutti. Se mi presento a chiedere la tessera, mi ridono in faccia.

Raimondi Cesare, ispettore capo, strapazza il manifesto che gli sta sul tavolo: – Fa' come vuoi! Nasconditi dentro un portone, vestiti da donna, mettiti una parrucca da capellone! Fa' come vuoi, ti dico, ma voglio individuare quei quattro stronzi che hanno organizzato questa buffonata!... Fa' come vuoi!

Sarti Antonio, sergente, se ne va senza salutare. Non bestemmia perché il turpiloquio, come sa anche il piú scassato degli agenti, è punito con ammenda e, nei casi piú gravi, con la detenzione fino a tre mesi.

Sicché eccoci arrivati alla fredda e movimentata notte d'inverno. Dunque: una fredda, movimentata notte d'inverno, Sarti Antonio, sergente, se ne sta chiuso dentro la sua ottoecinquanta targata Bo 234 eviadicendo, ferma davanti al teatro *Sanleonardo*.

E non so proprio a chi sia venuto in mente di chiamarlo «teatro»: è una vecchia chiesa del 1000 sconsacrata. Forse proprio perché era sconsacrata una bomba di aereo, durante la guerra (una delle ultime guerre), aveva pensato bene di cadere sulla cupola dell'altare maggiore. Dopo di che quattro sbiellati si sono presi la briga di rabberciarla alla meglio, di metterci dentro delle panche, un palco, dieci riflettori, con annessi e connessi e di chiamarla teatro.

Da quel giorno (non ho capito bene perché e dovrò farmelo spiegare) tutti quelli che mettono piede nel «teatro» devono, per forza, essere «estremisti»: vuoi che entrino per cantare, per ballare, per suonare o per raccontarsi barzellette.

Dentro, a parte gli annessi e connessi, è rimasto anche il santo: san Leonardo. È piazzato in una nicchia, grande, grosso e di gesso, e guarda il viavai con gli occhi sbarrati. A parte un nasone rosso da ubriaco, non ha piú niente di santo; se ne sta lí buono e tiene appesa al collo tutta una serie di cartelli secondo il gusto degli ospiti della sala. Questa sera, per esempio, si tiene su, rassegnato, un cartello che dice: «Non con l'oro...» e la fotografia di un signore per bene che potrebbe anche assomigliare al signor Agnelli assieme a un altro signore che non assomiglia a nessuno. Quest'ultimo, anonimo, ha in mano un mitra, due bombe, alcuni pugnali e due rivoltelle.

Fuori c'è Sarti Antonio, sergente, che scheda mentalmente tutti quelli che entrano. Si fa basso, sul sedile, perché se qualcuno butta un occhio nell'ottoecinquanta e lo riconosce, finisce che escono tutti dal teatro e vengono a ridergli in faccia.

Finalmente pare che la processione sia terminata: non entra piú nessuno. In «teatro» saranno in trecento o poco piú. E tutti a dire basta a questo Stato e a far nascere una società eccetera... Per una città di mezzo milione di abitanti, è una buona percentuale... Si chiude il portone e chi è dentro è dentro. Chi è fuori, peggio per lui.

– E adesso?

Adesso Sarti Antonio, sergente, se ne starà lí a riempirsi di freddo per chissà quante ore e alla fine deciderà che è venuto il momento di tornare a casa. Gira la chiavetta dell'accensione e si apre il portone della chiesa (del teatro) e vengono fuori tutti come la domenica di Pasqua in un paesotto di montagna. Solo che, invece dell'ulivo, hanno in mano dei cartelli che non han niente di pasquale. Tutti belli, incolonnati; c'è anche un tipo con un altoparlante a pile che si sgola:

– Prefetto, Questura, a noi non fai paura! Prefetto, Questura, a noi non fai paura!

Se pensate che è quasi mezzanotte e che via San Vitale è una strada del centro storico dove non passano macchine e dove regna quindi il piú assoluto silenzio, capite perché le finestre si spalancano e la gente si affaccia a vedere com'è fatta la rivoluzione.

E se ricordate che Raimondi Cesare, ispettore capo, aveva piazzato delle camionette un po' dappertutto, là attorno, capite anche perché venti secondi dopo cominciano a ululare le sirene in quella fredda notte d'inverno.

Gli agenti saltano a terra, già pronti a menare: visiera calata, scudo in plastica trasparente ad alta resistenza, manganello regolamentare in gomma dura, velocità iniziale d'inseguimento venti km/h. È uno spettacolo. Sarti Antonio, sergente, abbassa il vetro e si sporge a guardare: in mezzo al casino nessuno si occupa dell'ottoecinquanta targata Bo 234 eviadicendo.

Chi non riesce a prendere la fuga, torna dentro e si richiude in teatro (in chiesa): chi resta fuori ha un bel picchiare contro il portone perché aprano...

– Non vedo Rosas: eppure è entrato.

– Lo avranno già caricato...

Un paio di camionette hanno cominciato un pittoresco carosello sotto gli antichi portici dell'antica città. Quattro tipi, con barba regolamentare, passano di fianco all'ottoecinquanta senza degnarla di uno sguardo. Di corsa riescono a infilarsi in via dell'Unione, la sola strada non ancora bloccata dalla polizia. Si buttano dentro la prima porta e se la chiudono alle spalle.

– Quelli li conosco. Ma non vedo Rosas...

Finisce tutto molto presto: la gente richiude le persiane e se ne torna a letto. Può essere che qualcuno, domattina, si alzi con il raffreddore. Ma cosa volete che sia un raffreddore se la rivoluzione è stata scongiurata? O almeno rimandata?

Sarti Antonio, sergente, rialza il vetro, gira di nuovo la chiavetta e mette in moto: ne parliamo domani.

2. Cara, dolce vecchietta

Felice Cantoni, agente, comincia ad averne le tasche piene: sono quarantacinque minuti che lo aspetta e decide che è ora di salire a vedere. Magari quello ha avuto un attacco fulminante di colite ed è morto sul cesso. Toglie le chiavi dall'auto 28 (perché non si sa mai) e suona al campanello SARTI A. Sale le scale e, davanti alla porta, suona di nuovo. Dentro non si sente un accidente. A memoria di Felice, è un fatto che non si è mai verificato. Ha sempre trovato Sarti sul cancello, pronto a prendere servizio: bastava che lui arrivasse con l'auto 28 e gli aprisse la portiera.

«Ciao».

«Ciao», e via in giro per tutta la giornata.

Suona ancora e picchia coi pugni tanto che esce la grassona bionda della porta accanto:

– Oh, scusi! Credevo avessero suonato a me. Il sergente dev'essere ancora in casa. Sa, non l'ho sentito uscire –. La bionda sorride: deve stare tutto il giorno dietro la porta... Felice Cantoni, agente, picchia ancora e chiama:

– Sarti! Sarti Antonio! Sergente Sarti Antonio! – La grassona gli va vicino e sorride sempre:

– È molto strano, sa. Proprio non è uscito. Lo avrei sentito, sa. Io chiamerei la polizia...

– Io sono della polizia!

– Oh, sí, lo so! Si vede dalla divisa, sa? – Poi la signora capisce e smette di sorridere. Torna sulla porta di casa sua. Intanto sono usciti anche altri inquilini. Felice Cantoni molla un'ultima pedata alla porta e decide che è ora di scendere e magari di chiamare la centrale. Può essere che l'abbiano cercato e Sarti sia andato in servizio. Può essere. Ma Felice Cantoni non ci crede: gli avrebbe telefonato e lo avrebbe avvertito. Ha già sceso la prima rampa quando sente la grassona bionda cinguettare: – Oh, è in casa? C'è un agente che la cerca, sa?

Sarti Antonio, sergente, fa capolino dallo spiraglio della porta e non ha ancora capito bene cosa stia succedendo. Ha solo un occhio aperto, l'altro dorme ancora. Borbotta:

– Cosa vuoi a quest'ora?

L'agente Felice Cantoni è stravolto:

– A quest'ora? Lo sai che sono le nove e venti?

Sarti Antonio, sparisce in casa e Felice gli va dietro.

– Le nove e venti? Cristo, com'è successo?

– Lo chiedi a me? È un'ora che picchio...

Sarti va in bagno e borbotta:

– Cristo, non è mai successo. Mai successo! – Quando torna è sveglio da tutti e due gli occhi. E ripete: – Non è mai successo!

– Lo so. Credevo che fossi morto.

– Crepa tu! Prendi un caffè?

– Non potrei: l'ulcera...

– Lo so. Prendilo lo stesso –. E comincia a prepararlo.

– Potremmo prenderlo al bar...

– Vuoi mettere come lo faccio io? – E Sarti si cova la macchinetta finché non è uscita l'ultima goccia. Regola la fiamma del gas in modo che il caffè venga su piano, senza bollire. Bevono in silenzio. Poi:

– Dev'essere che ieri... Stanotte sono andato a letto tardi.

Quando escono, la grassona bionda è sulla porta di casa a lucidare le maniglie di ottone e la placca del campanello. Sorride da qui a qui:

– Buongiorno, signor Sarti. Buongiorno, signor agente.

– Per me quella ti vuole fare... – opina Felice Cantoni.

– È sposata.

– È sposata? E allora? Ti vuole fare lo stesso. Sarà la divisa.

– Centrale chiama auto 28...

Sarti Antonio, sergente, prende il microfono:

– Cominciate a rompere le balle? Qui auto 28.

Dalla centrale gli rispondono:

– Sarti Antonio, che modi sono? Oggi c'è il sole, la giornata si annuncia calda, tutti sono contenti...

– Lo so! Cosa c'è? – Gli altri riprendono il tono ufficiale:

– Qui centrale: auto 28 recarsi all'autostazione. È segnalata una lite fra due uomini al capolinea delle corriere. Ripetiamo...

– Ho capito. Non sono sordo. Andiamo –. Felice Cantoni, attacca la sirena, gira la macchina e punta ai viali.

– Cominciamo bene, cominciamo!

All'autostazione nessuno sa niente. Quando Sarti chiede di due uomini che si picchiavano, gli addetti al servizio delle autolinee lo guardano e scuotono il capo. Uno di loro dice:

– Se ci fosse stata una lite, non avremmo chiamato voi: ci sono gli agenti di servizio... – E se ne tornano ai loro compiti.

Il sergente chiama la centrale:

– Avete voglia di prendermi per il culo? Qui non c'è nessuno...

– Qui centrale: è stata una segnalazione civetta.

– Avreste potuto mettervi in contatto con gli agenti in servizio alla stazione. Mi risulta che ci sia un posto di polizia con tanto di radio!

Dalla centrale silenzio. Poi:

– Va bene, sergente Sarti, riprendete il vostro giro –. Sarti Antonio, stacca la ricevente e li manda al diavolo. È una giornata che promette male, anche se in cielo splende un bel sole, la temperatura non assomiglia a quella della notte appena trascorsa e la colite non si fa sentire, almeno per il momento.

– Fermati dal giornalaio –. Sarti compera dei giornali (stando molto attento che non siano di sinistra-sinistra) e si siede in macchina a sfogliarli. Felice Cantoni avvia il motore, ma lui gli dice:

– Dove vuoi andare?

– In giro. Cosa facciamo qui?

– Tieni: leggi. Sai che non riesco a leggere con la macchina in moto. Mi viene il voltastomaco...

E la giornata se ne va cosí, che è una pena guardarli: come fa un individuo a stare tutto il giorno con il culo inchiodato sul sedile di un'auto ad ascoltare: «Centrale chiama... centrale chiama...»?

– Centrale chiama auto 28.

– Qui auto 28: siamo in ascolto.

– Recarsi in via Irnerio 27 presso la famiglia Scampini. Denunciano l'assenza da casa della madre Imelde di ottant'anni. Compiere accertamenti...

– Mancano dieci minuti alle diciotto e noi cessiamo il servizio. Mandate qualcun altro –. Dalla centrale non viene risposta. Sarti Antonio, sergente, riattacca:

– Ripeto: smontiamo alle diciotto... – Stavolta rispondono.

È Raimondi Cesare, ispettore capo:

– Non importa che ripeti, sergente. La tua è l'unica auto disponibile. Va' subito in via Irnerio 27.

– E vabbe'. Le altre auto saranno a caccia di qualcuno che litiga sul piazzale delle autocorriere –. Prima di parlare, però, ha chiuso la ricevente: non si sa mai come la prende, quello.

Appena arriva con l'auto 28 davanti al civico numero 27 di via Irnerio, una matta attraversa la strada di corsa, facendo bestemmiare una colonna di automobilisti che arriva fino al semaforo di via Indipendenza. Ma quella se ne frega e si butta addosso a Sarti Antonio, sergente:

– Ecco, signor poliziotto, ecco, sono molto in pensiero per la mia mamma. Le dico che non è mai successo. Le dico che non ha mai dormito fuori casa... – Sarti la prende sottobraccio e l'accompagna dentro il portone, perché si sta già radunando un po' di gente e a Sarti non piace discutere in pubblico. Mentre salgono le scale (lei davanti e loro due dietro), la guarda meglio: non riesce a capire quanti anni abbia. Ma non è male. Non è male!

– Mi deve raccontare tutto, dall'inizio, signora.

– Ecco, è andata cosí: questa mattina sono rimasta molto sorpresa quando mi sono accorta che la mamma non era in cucina. Deve sapere anche che si alza molto presto. Ho pensato che non stesse bene. Sono cose che si pensano subito quando si ha a che fare con delle donne anziane...

– Quanti anni ha sua madre?

– Ecco, deve fare gli ottanta a giorni. Si chiama Imelde. Imelde Scampini.

– Una bella età...

– Ma li porta bene, sa? Tutto il giorno in giro che sembra una ragazzina. Ecco, l'unica cosa è che non ci vede molto. Be', le dicevo, vado in camera sua e vedo che il letto è ancora intatto. In casa non la trovo da nessuna parte. Sarà uscita, mi dico... Aspetto, aspetto: ecco, viene l'ora di pranzo, viene l'ora di cena e la mamma non si vede. Cosí mi sono un po' preoccupata...

– È successo altre volte?

– Mai, glielo posso assicurare...

Sarti ci pensa un po'. Dice:

– Perché ha aspettato tanto a chiamarci?

– Ecco, non volevo credere... Speravo che tornasse... Sa, mio marito è architetto e se si vengono a sapere certe cose... Sa, i clienti...

Sarti Antonio, sergente, non capisce bene cosa c'entri l'architetto con la vecchia matta che va in giro di notte. Ma chi l'ha poi stabilito che è andata in giro di notte? Domanda:

– Perché pensa che sia andata fuori di notte?

– Ecco, il letto non è stato toccato...

– Può averlo rifatto prima di uscire, magari stamattina presto. Lei come si chiama?

– Angela. Sono la figlia. Angela Scampini. Io, ecco, ho pensato che la mamma non avesse dormito in casa... – Sarti Antonio, sergente, è poco convinto. Guarda in faccia il buon Felice Cantoni, agente, ma da quello che gli legge sul viso, ne sa quanto prima. A me è inutile che mi guardi perché sto a vedere il traffico giú, sulla via Irnerio: piuttosto intenso. Due semafori a venti metri l'uno dall'altro. Quando il primo segna verde, il secondo segna rosso. Pare che si facciano i dispetti e chi ci rimette sono i freni delle auto.

Cosí, solo con i suoi pensieri, Sarti Antonio, sergente, riprende: – Non è detto, non è detto. Avete dei parenti? Degli amici?

– Ecco, io ho già parlato con tutti e di mamma Imelde non sa niente nessuno. Non so piú cosa pensare...

Da che parte si può cominciare? Dalla foto della vecchia? Dalla camera? Intanto sono già le sei e tre quarti (le diciotto e quarantacinque) e se non fosse per la vecchia, a quest'ora... A Sarti Antonio vien voglia di telefonare al capo e di mandare tutto al diavolo. Ditemi voi dove si può andare in cerca di una vecchia di ottant'anni che decide di fuggire di casa? Ragiona a voce alta, come al solito, perché cosí i ragionamenti gli vengono meglio.

– Da qualche amica... All'ospedale o all'obitorio. Non si scappa. C'è anche un canale qui vicino. Bisognerà avvertire i pompieri e vedere se trovano qualcosa loro... – Sente che la Scampini «ecco» (l'Angela, insomma) sta piangendo, ma non gli fa nessun effetto perché ormai ci ha fatto il callo a queste cose. Poi non è colpa sua se la vecchia è matta. Cerca lo stesso di rimediare, come può: – Sono le indagini regolamentari, cerchi di capirmi. Adesso magari suonano alla porta e arriva la signora Imelde...

Infatti suonano. Felice Cantoni, agente, guarda Sarti Antonio dritto negli occhi. L'Angela «ecco» Scampini trattiene il respiro e nessuno si decide ad aprire. Alla fine tocca a Sarti Antonio, sergente. Ma non è la signora Imelde: è l'ispettore capo Raimondi Cesare. L'agente Felice Cantoni saluta e riprende a respirare:

– Meno male –. Se fosse entrata la signora Imelde, gli sarebbe venuto un colpo.

– Allora sergente? – Sarti Antonio alza le spalle:

– Niente. Pare che sia uscita stanotte e non sia piú rientrata.

La differenza fra un sergente e un ispettore capo si vede subito. Si vede dalle decisioni che prendono. Infatti l'ispettore capo dice:

– Mi accompagni nella camera della signora –. E la Scampini gli trotta davanti e gli spalanca venti porte: come appartamento non c'è male.

– Da' un'occhiata in giro, sergente...

– È quello che stavo per fare quando è arrivato lei –. Angela «ecco» li aiuta e illustra qua e là:

– Questo è il letto.

– Vedo.

– Ecco, questo è il libro che legge tutte le sere...

Raimondi Cesare, ispettore capo, lo sfoglia: *Delitto e castigo*. C'è una pagina piegata.

La Scampini si mette a strillare:

– Ecco, ecco, è proprio come dicevo! Quel segno l'ho messo io ieri mattina quando ho rifatto il letto di mamma Imelde. Ecco, vuol dire che ieri sera non ha letto e se non ha letto vuol dire che non è andata a letto. Perché la mamma non va a letto se prima non ha letto...

Come spiegazione è un po' confusa, magari, ma il discorso sta in piedi e l'ispettore capo Raimondi Cesare lo prende per buono. A Sarti Antonio, sergente, non interessa piú: adesso c'è il capo e lui potrebbe anche andare a casa. Arrischia:

– Visto che c'è lei io potrei... – Ma quello lo guarda piuttosto male:

– Sono passato a vedere come stavano le cose: adesso me ne vado io e tu continui!

– Io avrei dovuto smontare alle sei... Non si potrebbe chiamare qualcun altro? – Lo dice piano per lasciare alla signora Angela «ecco» l'illusione (caso mai l'avesse) che la polizia si dedica anima e corpo ai bisogni dei cittadini.

L'ispettore capo Cesare Raimondi non lo ascolta neppure. Volta la schiena e toglie il disturbo.

– Buon lavoro, sergente! Stia tranquilla, signora, la lascio in buone mani.

– Ti pigliasse un colpo secco! – Sarti siede sul letto e cerca di pensare a voce alta:

– Non resta che fare il giro degli ospedali... A meno che la signora non avesse qualche amica... o amico... – Ma «ecco» l'interrompe:

– No, no! Tutte le sue amiche sono morte. È rimasta solo lei, la mia cara, dolce vecchietta. Pensi che il suo unico passatempo... – E si ferma, come se le fosse caduta la lingua.

– Il suo unico passatempo?

– Ecco, dicevo che non ha mai niente da fare... – Ma Sarti Antonio, sergente, insiste; magari si scopre che il passatempo è quello di seviziare gli orfanelli.

– Il suo unico passatempo? – Si è fatto piú vicino anche Felice Cantoni; pare che la storia cominci a interessarlo.

– Ecco, noi abbiamo una casa disabitata e lei si diverte ad andare ad aprire le finestre delle camere per dare aria. Tutti i giorni. Ecco, è questo il suo unico passatempo.

– E ci va da sola?

– Sí: io non voglio accompagnarla perché... ecco perché non mi va.

– C'è andata anche oggi? – Angela alza le spalle:

– Non lo so: sono passata di là, ma ho visto le finestre chiuse e non sono entrata. Io non entro là dentro.

Sarti Antonio, sergente, è proprio curioso di sapere il perché.

– Andiamo a vedere.

– Ma se ci sono già stata!

– Non dentro. Meglio tornare. Poi completiamo il giro degli ospedali e magari andiamo anche all'obitorio. Non si sa mai –. Adesso tutta la storia della cara, dolce vecchietta comincia a rompergli l'anima e se deve stare in servizio, almeno ci stia per qualcosa. E se deve sopportare la signora «ecco», almeno sopporti qualcosa anche lei.

Poi la faccenda si fa interessante. Ancora piú interessante quando, seduti sull'auto 28, Angela «ecco» sospira l'indirizzo: – Via dell'Unione 2.

Interessante perché, se la memoria non l'inganna, via dell'Unione 2 era la sede del piú bel casino (pardon: casa di tolleranza) della città.

3. La memoria non l'inganna

Sarti Antonio, sergente, avrà tanti difetti, sarà pieno di fissazioni e di malanni, sarà un povero coso fin che si vuole, ma in fatto di memoria bisogna lasciarlo stare. Vede ed è come se fotografasse, ascolta ed è come se registrasse. Il difficile comincia quando si tratta di mettere insieme, secondo un criterio logico, le fotografie e le registrazioni. Ma se fosse in gamba anche in questo non sarebbe un sergente: sarebbe un mostro!

Cosí, quando l'auto 28 si ferma davanti alla porta dell'ex casino (casa di tolleranza), Sarti non può fare a meno di sorridere e non può fare a meno di ricordare una lontana sera d'inverno...

– Sono pronto a scommettere: c'è un corridoio e una porta a sinistra dove stava la madama. Piú avanti c'è un salottino, sempre a sinistra, dove si facevano aspettare le persone importanti e dove io non sono mai entrato. A destra c'è il salotto per tutti: poltroncine rosse e basse, un tavolinetto in centro e un'intera parete di vetro che dà su un cortiletto interno. Al centro del cortiletto c'è una vasca-fontana coi pesci rossi. D'estate si può aspettare anche in cortile... – Poi si corregge: – Si poteva aspettare anche in cortile...

La porta è aperta e cede subito; dentro è come dice Sarti Antonio, sergente: al millimetro. Mancano solo i pesci rossi nella vasca del cortile, per il semplice fatto che nella vasca manca l'acqua da chissà quanti anni. Magari dal giorno che hanno chiuso le case chiuse. In compenso c'è qualcos'altro. Sí: c'è la cara, dolce vecchietta, seduta in una poltroncina rossa e bassa del salottino di destra, con la testina candida reclinata su una spalla, come se si fosse appena appisolata. Ma non dorme poverina, qualcuno ha interrotto i suoi sogni con un paio di martellate alla nuca.

La signora Angela «ecco» Scampini scivola a terra zitta zitta e Felice Cantoni può solo afferrarla per una manica con il risultato che la manica resta a Felice Cantoni e tutto il resto del vestito, con dentro la signora «ecco», finisce sul pavimento. Per il momento la lasciamo lí e ci occupiamo della cara, dolce vecchietta.

– Chiama la centrale e avverti che abbiamo trovato la vecchia. Morta.

Felice Cantoni, agente, è indeciso. Dice:

– Siamo sicuri che è andata? Non è meglio avvertire anche la Croce rossa? Può avere bisogno di un medico...

Sarti Antonio, sergente, gli indica il martello che sta ai piedi della signora Imelde, poi la nuca sfasciata della signora medesima.

– Non ha bisogno di un medico, ha bisogno di un necroforo.

Felice Cantoni va all'auto 28 e chiama la centrale.

Sarti Antonio, sergente, si guarda attorno. Tutte le poltroncine del salotto sono coperte con dei teli di plastica: tutte tranne quella che contiene la salma della cara, dolce vecchietta e un'altra, proprio di fronte. A terra, sparso un po' dappertutto il contenuto di una borsetta che doveva appartenere alla signora Imelde defunta Scampini e la borsetta stessa, in finta pelle, completamente rovesciata. Sarti cerca in giro i teli che dovevano coprire le due poltrone rosse, ma non li vede. Trova invece teli di plastica sul tavolinetto, sui mobili delle altre sale, sui letti delle camere, ai piani superiori e perfino sui lavandini e sui bidet.

– Se penso che è stato proprio qui che io per la prima volta ho...

Un miagolio della signora Angela «ecco» Scampini, ancora lunga e distesa sul pavimento lucido della saletta, lo fa tornare all'oggi dal lontano ieri della sua gioventú: dal giorno del suo diciottesimo compleanno. Sarti la solleva e la porta fuori, sull'auto 28. In lontananza si sentono già le sirene della polizia.

Cosí comincia il solito casino. Non perché siamo in un casino, ma perché tutti si dànno da fare, si agitano, corrono, scattano foto, si sdraiano a terra, puliscono il pavimento, raccolgono polvere, seminano polvere...

Sarti Antonio, sergente, si fa i fatti suoi: cercare l'assassino sarà compito di qualcun altro: l'avevano incaricato di trovare una certa Imelde Scampini di anni ottanta e lui l'ha trovata. Morta, ma è là, in poltrona, proprio davanti a lui.

Gli vien voglia di un caffè, cosí esce sotto il portico a respirare una boccata d'aria fresca. Chiama:

– Cantoni, andiamo al bar! Ti offro un caffè.

– Non posso: l'ulcera. Me ne hai fatto bere uno anche stamattina.

– Chissà dov'è già finito quello –. E si avvia verso la San Vitale dove ha visto un bar. Entrano:

– Due caffè.

– Stiamo chiudendo, capo. Siamo in ritardo: non venite poi a fare contravvenzione –. Gli preparano le tazzine calde; sono le nove e un quarto (cioè le ventuno e quindici) quando i due escono e si avviano verso via dell'Unione:

– Anche ieri sera, a quest'ora, ero ancora in servizio, Cristo! Se continuo di questo passo... – Sarti si ferma di colpo e guarda il portone d'ingresso dell'ex casino. Prende Felice per un braccio e se lo trascina dietro, di corsa, fino al punto dove si trovava la sera prima con l'ottoecinquanta.

– Ero qui! Io ieri sera ero proprio qui! Stavo dentro la mia macchina parcheggiata qui, di fronte a via dell'Unione –. Si scalmana tanto che la gente si ferma a guardare com'è fatto un matto:

– ...E proprio mentre ero qui che tenevo d'occhio il *Sanleonardo*... Ecco, è andata cosí: Cristo, che... Dunque io li ho visti correre giú per l'Unione e infilarsi dentro una porta. Proprio dentro quella porta! Che culo! Ragazzi, che colpo di culo! – Pianta tutti lí, Felice Cantoni, agente, compreso, e corre di nuovo all'ex casino. E continua a urlare anche dentro:

– Dov'è il capo? Qualcuno mandi a chiamare l'ispettore capo Raimondi! Ragazzi, che culo! Ho visto quando sono entrati qui: erano in quattro! Ragazzi, che colpo di culo!

Tutti piantano il lavoro e lo guardano in faccia; uno che sta lí con una lente in mano gli dice:

– Sei matto? C'è un cadavere e c'è una signora –. Infatti il cadavere c'è e anche la signora Angela «ecco» Scampini, pallida quasi quanto la cara, dolce Imelde. Sarti Antonio si calma e cerca di ragionare: con tutta la luce che c'è in salotto adesso, il viso della vecchia gli balza agli occhi.

Sarti toglie una ventina d'anni da quel viso e la rivede nel primo sgabuzzino a sinistra, appena dentro:

«Cinquanta lire alla portinaia, ragazzi! Solo cinquanta lire! Carta d'identità, giovanotti! Forza, in camera, che le signorine sono stanche di aspettare! Cos'avete fra le gambe, segatura? In camera, giovanotti!» Che brutta fine, povera vecchia!

Sarti Antonio, sergente, esce e va all'auto 28. Chiama:

– Auto 28 a centrale... Mettimi in contatto con l'ispettore capo Raimondi Cesare.

Dalla centrale:

– Non è piú in servizio.

– Cercalo e digli di venire in via dell'Unione 2. Urgente! – Chiude e torna dentro: c'è piú caldo, anche se è un caldo umido. L'agente Felice Cantoni, non ha capito niente, ma non si preoccupa; il suo lavoro è di portare in giro l'auto 28 e lo fa. Tutti i giorni.

Dentro sono già arrivati i giornalisti, figurarsi se non c'è Gianni «lucciola» Deoni.

A Sarti Antonio non resta che annotarsi nella memoria i particolari: un martello sporco di sangue, un pettine, un mazzo di chiavi, un portamonete, un'agendina per appunti, una matita, un accendino, un pacchetto di sigarette, un portacipria, un rossetto, una busta bianca spiegazzata, briciole di biscotto, un campioncino di profumo, una borsetta da donna rovesciata. Il tutto sparso per terra. Sul telo di plastica del tavolinetto un contenitore di musicassette, vuoto.

Sarti Antonio, sergente, deve chinarsi a leggere il titolo: *Le piú belle canzoni d'amore di Andrea Pappalardo*.

Aggiornata, la vecchietta!

Cerca il nastro: non si trova. Neppure sotto i mobili. Chiede:

– Chi ha fregato il nastro?

Nessuno apprezza la battuta: i questurini sono dei duri.

Quanto a umorismo, voglio dire.

4. Bel colpo, sergente!

Sarti Antonio, sergente, è seduto nell'ufficio di Raimondi Cesare, ispettore capo, che gli sgrana un sorriso da festa di Natale. Nessuno lo aveva mai visto tanto felice. E ha motivo di esserlo: avere i nomi degli assassini scritti su un foglio, sul suo tavolo, a nemmeno ventiquattro ore dal delitto, non è da tutti!

Sarti Antonio, questa volta, andrà alla conferenza stampa assieme a Raimondi Cesare, c'è da scommetterlo.

E c'è da perdere la scommessa. Dice Raimondi Cesare:

– Sei stato in gamba, sergente, è vero, come si dice, proprio in gamba! Non so dove saremmo andati a cercarli senza la tua segnalazione.

E se ne va dall'ufficio per comunicare al mondo intero, attraverso la stampa, che l'efficienza della polizia, l'organizzazione dei suoi uomini, l'addestramento e la dedizione al servizio hanno permesso di arrivare all'identificazione dei delinquenti in men che non si dica... I nomi dei quattro naturalmente li tiene per sé; almeno fino a quando non li avrà chiusi in San Giovanni in Monte.

Cosí, mentre Raimondi Cesare si prende i complimenti dei giornalisti (e non ho mai capito di cosa si complimentino), Sarti Antonio, sergente, se ne sta solo a pensare ai casi suoi, nell'ufficio dell'ispettore capo, come un povero amante sedotto e abbandonato.

In questi casi non trovo mai le parole adatte. Che cosa gli dovrei dire? «Sono cose che capitano»? «Non ci pensare, tanto è il mestiere che è fatto cosí»?

– Sono sempre il solito cretino! Avrei dovuto lasciare che si arrangiasse! Che cosa c'entro io con gli assassini? Ci sarebbe stato da ridere: li trovava fra vent'anni...

– Ma il tuo dovere ti impone...

– Il dovere dei miei due! «Sei stato in gamba, sergente!» Tutto qui! Sai cosa significa per lui avere quei quattro nomi?

– Invece di stare a brontolare come un vecchio bavoso, diglielo in faccia...

– Capirai che mi ci vuole molto. Cristo, se glielo dico! – Il discorso finisce lí perché vedo che Sarti Antonio comincia a soffrire di colite. Arrabbiarsi gli fa male; anche questo gliel'ho già detto parecchie volte, ma è come parlare al muro. Affari suoi, comunque. Io non soffro di colite, non soffro di ulcera, vado regolarmente al gabinetto (due volte al giorno), mangio con appetito (tre volte al giorno, se posso) e non ho i calcoli al fegato. Per ora.

Rientra Raimondi Cesare, ispettore capo:

– Ecco fatto. Domani, almeno, è vero, come si dice, i giornali non parleranno male della polizia. Ci voleva proprio.

Sarti Antonio, sergente, è caricato al massimo:

– Questo le frutterà una promozione o un passaggio di categoria, o uno scatto d'anzianità anticipato, o chissà cos'altro ancora!

Raimondi Cesare mette via il sorriso da festa di Natale e guarda Sarti in faccia:

– Anche se fosse, ti dispiacerebbe?

– Vorrei che qualcuno di quelli che contano sapesse che in questa storia c'entro un po' anch'io... – Raimondi Cesare, ispettore capo, quando ce l'ha su con qualcuno, gli parla con il «lei». Come fa adesso con Sarti Antonio:

– Se è tutto qui, caro sergente, penso che potrò accontentarla. Sarà mia cura, è vero, come si dice, di riferire ai superiori sul suo comportamento in servizio...

Sarti Antonio comincia a pensare di aver pestato una merda, come si dice dalle mie parti. E quando l'hai pestata, non c'è piú niente da fare; anche se cerchi di pulirti la scarpa sull'erba di un prato, la merda l'hai pestata lo stesso. Tenta di rimediare come può:

– Voglio dire: magari una citazione, un encomio... Può sempre servire. Nel caso di concorsi interni o di promozioni, insomma, è un punteggio che porta su...

– Ma certo, Sarti! Dirò a chi di dovere che io l'avevo mandata a sorvegliare la riunione di quei quattro puzzoni, perché io, è vero, come si dice, avevo la sensazione che potesse succedere qualche guaio, come in effetti è successo. Dirò anche che lei, nell'eseguire puntualmente gli ordini che io le avevo impartito, ha notato quattro individui sospetti che si rifugiavano in un portone perché inseguiti dagli agenti che io avevo mandato nella zona. E finirò ricordando sempre a chi di dovere, che lei, è vero, come si dice, anziché indicare... – e qui l'inflessione di Raimondi Cesare, ispettore capo, assume i toni della tragedia: imposta la voce appoggiando il fiato sul diaframma, e va in crescendo come se si trattasse dell'*Adelchi*, – ...anziché indicare agli agenti che li stavano inseguendo il rifugio di quei quattro delinquenti, se ne è andato a letto, perché riteneva, è vero, come si dice, che il suo compito fosse già terminato! – L'occhio sinistro di Raimondi Cesare è piú chiuso di quello destro e la palpebra vibra leggermente come il frullo d'ali d'un usignolo. Il mento volitivo è proteso verso Sarti Antonio, sergente, che non pensa piú di aver pestato una merda: ne è certo.

L'ispettore suda e non ci sono piú di diciotto gradi in ufficio, come da disposizioni superiori. Suda, sbuffa e sputacchia qua e là nella foga del suo dire. Per un momento, si ferma a riprendere fiato e Sarti Antonio ne approfitta per togliere il disturbo. Non arriva a metà corridoio che quello è sulla porta e urla:

– Sergente Sarti Antonio, non le ho detto di andarsene!

Sarti rientra e aspetta il seguito in piedi, sulla soglia.

– Chiuda la porta! – E lui chiude.

– Si sieda! – E lui si siede. Ma soffre le pene dell'inferno: i morsi della colite sono laceranti. Raimondi Cesare, ispettore capo, non si preoccupa delle coliti altrui. Adesso parla, scandendo le parole e a voce bassa che quasi non lo si sente:

– Le dirò, infine, perché si regoli, che sto pensando seriamente di incriminarla per concorso in omicidio!

Sarti Antonio, sergente, crede di non aver capito bene. Sospira: – Prego?

I toni dell'attore tornano alti:

– Penso di incriminarla per concorso in omicidio, o quanto meno, è vero, come si dice, per omissione di informazioni alla polizia, negligenza durante il servizio, abbandono del posto assegnato e mancanza di assistenza a un cittadino assalito. Perché, è vero, come si dice, se lei avesse informato gli agenti che stavano disperdendo la manifestazione non autorizzata di dove si erano rifugiati i quattro delinquenti, sono certo che avremmo evitato quell'assassinio! Gli agenti... Lei stesso, è vero, come si dice, aveva il dovere di intervenire, entrare in quel... in quella casa e strappare dalle mani dei quattro la loro vittima! Ma non lo ha fatto...

– Il mio compito... – Interruzione deleteria. Raimondi Cesare spalanca gli occhi:

– Il suo compito? Il compito, il dovere di un agente di polizia è di difendere il cittadino. Lo ha fatto lei? Lo ha fatto lei? – Silenzio di tomba.

A me le tombe non son mai piaciute per cui me ne esco e aspetto, giú sul portone, il povero Sarti Antonio, sergente. O i suoi resti. Tarda poco: testa bassa, passo strisciante come se i piedi gli pesassero piú di tutto il corpo, esce senza guardare in faccia nessuno, attraversa la strada e rischia di finire sotto una macchina. Lo prendo sottobraccio e lo accompagno all'auto 28.

Dico a Felice Cantoni, agente: – Portalo a casa e mettilo a letto. Sta molto male.

Non so se lo metta a letto o lo depositi sul vaso del gabinetto; l'importante è che la grassona bionda della porta di fronte non veda Sarti Antonio ridotto cosí. Se poi, nell'intimità del suo letto e nelle pieghe del buio di una notte confortevole, il sergente si metterà a piangere, non interessa me e non interessa voi.

Se lo farà, comunque, sarà nei suoi diritti di cittadino tutelato dalla Costituzione repubblicana nata dalla Resistenza...

5. La neve è alta e gli sciatori sono veloci...

Sissignore, gliel'ho ricordato io. Gli dico:

– Ti conviene sfruttare quei pochi giorni di permesso che ti restano e andare in montagna... – Lui fa finta di non ascoltarmi e continua a prepararsi il caffè: e mentre prepara il caffè non deve essere disturbato. Solo quando si siede, la tazzina piena in mano, ricomincio il discorso: – Ti spettano ancora sei giorni di ferie dell'anno scorso.

– Lo so.

– In montagna c'è la neve, puoi stare a letto fino a mezzogiorno e passa. Vuoi scommettere che quando torni è tutto finito e nessuno parla piú della cara, dolce vecchietta? Vuoi scommettere che starai meglio anche con la colite?

Sarti Antonio prende il telefono:

– Passami l'ufficio personale. Sono il sergente Sarti. Ho ancora sei giorni di ferie e intendo usufruirne a partire da questo preciso momento. Arrivederci –. Vuota la tazzina e si rilassa: io credo che sei giorni di tranquillità, in montagna, dove la neve è alta e gli sciatori veloci la disegnano di piste, potranno rimetterlo in forma. E intanto all'ispettore capo Raimondi Cesare saranno passati i fumi, gli assassini saranno stati assicurati alla giustizia e tutto avrà ripreso il suo corso normale, compresa la colite di Sarti Antonio.

Ma le cose non vanno proprio come previsto. La neve è alta quanto basta e anche di piú, ma Raimondi Cesare, ispettore capo, si fa vivo, per telefono, tre giorni dopo che Sarti Antonio, sergente, ha poggiato le chiappe in un tranquillo albergo di montagna a lire tremilaottocento, pensione completa. Allora, addio divertimento, riposo, tranquillità e tutto il resto.

È a tavola che mangia, quando un cameriere urla, dalla soglia della sala da pranzo:

– Sergente Sarti Antonio al telefono! – Questo fatto di chiamarlo «sergente» anche quando non si sente affatto «sergente», lo indispone parecchio. Ma non si può pretendere di piú per tremilaottocento lire, pensione completa. Si alza che mastica ancora:

– Pronto? – Raimondi Cesare non si degna neppure di dirgli «Buongiorno». Attacca:

– Ti leggo la circolare 287 barra pers. P. G. 29710 dell'anno scorso: «Il capo dell'ufficio personale, allo scopo di chiarire e normalizzare le concessioni dei permessi ordinari e straordinari spettanti al personale in forza presso la Questura in titolo, dispone quanto segue: primo, i permessi ordinari devono essere consumati entro l'anno al quale gli stessi si riferiscono; secondo: i permessi di cui al punto primo possono essere trasferiti all'anno successivo solo per comprovati motivi di servizio. Tali motivi saranno stabiliti, di volta in volta, dai responsabili dei settori operativi previa comunicazione scritta allo scrivente ufficio personale; terzo: i dipendenti che intendono usufruire del permesso loro spettante devono farne regolare richiesta almeno tre giorni prima dell'inizio del permesso stesso; quarto: per particolari motivi familiari o per altra indifferibile, imprevista ma comprovata causa, i permessi possono essere anche richiesti telefonicamente, ma per un periodo MAI superiore ai due giorni; quinto: chi non ottemperi alle prescrizioni di cui sopra verrà considerato assente dal servizio per motivi ingiustificati e avverso di questo si procederà nei sensi previsti dalla legge».

Dall'altro capo dell'apparecchio c'è una lunga pausa sospensiva. Poi il Raimondi Cesare, ispettore capo, s'informa: – Sei ancora lí?

– Sono ancora qui...

– Dunque, per riepilogare: due giorni ti spettano per motivi familiari, e puoi chiederli anche telefonicamente, come in effetti hai fatto. Tutti gli altri, è vero, come si dice, verranno considerati assenze ingiustificate...

E cosí il giorno dopo, alle otto in punto, Sarti Antonio, sergente, si trova davanti all'ufficio di Raimondi Cesare, ispettore capo. E quando questi arriva, lo fa entrare. Sembra piú tranquillo del solito. Tanto è vero che non parla del passato. Dice:

– Caro Sarti, ti ho fatto rientrare in servizio, è vero, come si dice, perché ho proprio bisogno che tu mi dia una mano. Ricorderai, è vero, come si dice, l'assassinio della vecchia signora Imelde Scampini –. E aspetta che l'altro risponda.

«Sí», come se certe cose si potessero dimenticare in quattro giorni. E Sarti Antonio, sergente, sospira:

– Sí.

– Bene: e ricorderai, è vero, come si dice, i delinquenti che l'hanno assassinata –. Altra pausa e altro:

– Sí.

– Mi fa proprio piacere, caro Sarti. Mi fa proprio piacere, perché, è vero, come si dice, di quei quattro non c'è piú traccia. Sono svaniti nell'aria, spariti nella notte piú fonda, dissolti come se non fossero mai esistiti!

– Io non so cosa farei: questo sta a dimostrare che sono stati loro... – brontola Sarti. L'altro non lo fa finire:

– Lo so. Lo so e non ho mai pensato che tu abbia raccontato delle favole. Ma mi chiedo: dove sono finiti? Chi li ha avvertiti che sapevamo i loro nomi? Chi li ha informati che qualcuno, tu!, li aveva visti entrare in quella casa? Mi sono spiegato, è vero, come si dice? – Si è spiegato tanto bene che Sarti Antonio, sergente, deve sedersi per darsi un contegno. Fin qui Raimondi Cesare, ispettore capo, ha tenuto un tono che non si capisce bene se è austero o è una presa per il culo. Adesso però cambia musica. Dice:

– Tu sei uno di quelli che conosce le loro abitudini, sai chi frequentano, dove possono chiedere aiuto, e quindi, è vero, come si dice, credo che la cosa migliore sia che tu ti assuma l'incarico di rintracciarli. Sono certo, è vero, come si dice, che saprai portare in porto anche questa missione... – E gli sbatte sotto il naso i quattro nominativi e le quattro fotografie: Gastone Grossi, Michele Spinola, Andrea de' Cerchi e Filippo Coco.

– Le foto non mi servono e li conosco bene. Se non sbaglio, i nomi li ha forniti il sottoscritto e le foto le ha trovate in archivio sempre il sottoscritto –. Il sergente volta il culo e se ne va: Raimondi Cesare non ha fatto parola della tirata dell'altro giorno, non un be' sul permesso irregolare. È nel suo stile, quando ha bisogno di qualcuno e non vuole chiedere favori. Com'è nel suo stile il ricatto velato.

Cos'altro poteva essere se non un ricatto il discorso: «...Dove sono finiti? Chi li ha avvertiti?»

Ma nel corridoio Sarti non arriva molto lontano; ormai è un'abitudine: Raimondi Cesare lo lascia uscire, poi lo richiama, come adesso:

– Sarti!

– Sí?

– Per quell'... quell'... Andrea de' Cerchi...

– Sí?

– Vai con i piedi di piombo... È figlio di un magistrato, è vero, come si dice... è nobile...

– E chi se ne sbatte! – Sarti lo sussurra, come una parola d'amore, in modo che Raimondi Cesare non lo senta, e fa segno di sí col capo. Se ne va e continua a pensare ai casi suoi:

– Quello non fa che ricatti, continuamente: come se io mi fossi mai mischiato con quei pezzi di merda sporchi, puzzoni e pelosi... Tranne Rosas. Forse Rosas ne può sapere piú degli altri: c'era anche lui quella sera alla riunione al *Sanleonardo*... Tranne Rosas, dicevo, che non è né puzzone, né peloso...

Ragiona a voce alta, come se dovesse giustificare a me o a voi il fatto che conosce e frequenta Rosas.

Non so se vi ho parlato di questo Rosas: è un tipo che dice di studiare e infatti è iscritto all'università a non so quale facoltà. Non ho capito se sia comunista, anarchico, lottacontinuista, marxista-leninista o quale altro accidente. Per la verità non assomiglia a nessuno e fa storia a sé: quando discute di politica, capisci che ha ragione lui; quando parla di economia, ti rendi conto che non sbaglia; quando ti dice le sue idee, scopri che anche tu, in fondo, la pensi cosí. Cioè, non la pensi cosí, ma non fai nessuna fatica a pensare di pensarla come lui. È un po' complicato: del resto, anche Rosas è complicato. O troppo semplice! Poi, magari, piú avanti riuscirò a spiegarvi meglio che razza di tipo è questo Rosas. Intanto ha gli occhiali con due lenti grosse cosí, che quando se li toglie non vede piú un camion a due metri. Poi è brutto. A me almeno pare brutto, ma le donne dicono che è interessante. Parla pochissimo: di solito fischietta. Quando studia fischietta, quando pensa fischietta... Non ho ancora verificato se fischietta anche quando dorme o fa l'amore, ma non mi stupirei.

Dunque, Sarti Antonio si presenta al tipo che vi ho detto (Rosas) e lo trova ancora a letto: dorme e non fischietta, sicché questo è chiarito. Il bello è che la porta di casa sua (abita in Santa Caterina, centro storico, piano terreno) è sempre aperta. È anche giusto: cosa possono rubare i ladri se non muffa, umidità e libri? Muffa e umidità non fanno gola. I libri? S'è mai visto un ladro che ruba libri? Anzi, vi posso dare un consiglio: se dovete nascondere dei soldi, metteteli fra le pagine di un libro serio, se lo avete. Piú sicuro di cosí, nemmeno in banca!

Sarti Antonio entra e trova Rosas ancora a letto. C'è freddo e odore di chiuso, come al solito, cosí Sarti va e apre le finestre: tutte quelle che trova e cioè una che dà sotto il porticato, in via Santa Caterina, un'altra che dà nel cortile interno di due metri per due e cinquanta, e l'ultima, quella del cesso, che dà in una specie di pozzo d'aria che sale fino ai tetti. Entrano freddo e umidità: com'è fredda e umida l'aria d'inverno, nel centro storico.

– Ti prenda un colpo! Chiudi! – Rosas è senza occhiali e Sarti Antonio sa bene che non può vedere chi è entrato. Non dice niente: si siede al tavolo e aspetta. L'altro infila anche la testa sotto le coperte. Quasi contemporaneamente dalle coperte esce una testina bionda, di bambola, minuta che quasi sembra finta. Guarda Sarti Antonio e rientra. Dice:

– È un tale!

Mi chiedo come possano stare, un uomo e una donna, in un divano letto che, tutt'al piú, può bastare per un bambino. Lo capisco quando la ragazza esce del tutto, nuda come Dio l'ha fatta, pelo compreso, e se ne saltella via, verso il bagno. Passa di fianco a Sarti Antonio e gli dice:

– Chiudi le finestre o rischi di prendere un raffreddore –. Il sergente ne ha viste e sentite, ma una donna (una bambolina) che gira nuda per casa gli fa sempre un po' effetto; passa in second'ordine anche il fatto che quella, nuda, dica a lui, con cappotto e sciarpa, «Chiudi la finestra o prendi un raffreddore». L'istinto è di accarezzarle le guance del sedere, fresche e bianche come la neve. Ma in servizio non si può. Abbandona l'idea e va da Rosas; lo scopre e lo trova nudo, ma piú brutto (molto!) della bambolina di poco fa. Lo ricopre, schifato. Quello mugola e infila gli occhiali:

– E chi poteva essere? Un rompiballe. Cosa vuoi? – Sarti non gli risponde. Chiede:

– Vuoi un caffè? – Non aspetta e va in cucina a prepararlo.

Il profumo arriva fino a Rosas e, un attimo dopo, anche alla bambolina già vestita. Peccato! Sarti Antonio, sergente, la indica con un cenno del capo:

– Chi è? – Rosas alza le spalle:

– Una –. Adesso può guardarla bene in viso, dal momento che, assieme alle mani, è la sola parte del corpo rimasta scoperta. È proprio un amore!

– Piacere, «Una». Mi chiamo Sarti –. E Rosas:

– Sarti Antonio, sergente! – Il sunnominato sergente versa tre tazzine di caffè.

«Una» non lo lascia un momento con gli occhi.

– È un caffè squisito.

– Questo rompiballe fa il caffè migliore della provincia. Cosa vuoi, sergente?

– È una storia lunga, Rosas: comincia sette sere fa, al *Sanleonardo*, in via San Vitale. Cosa mi dici? – Rosas raccoglie un po' di zucchero con il cucchiaino e se lo lecca. Brontola:

– Niente: le solite cazzate di quattro populisti. «Vogliamo questo! Vogliamo quello! Rivoluzione di popolo! Tutti in piazza!» Poi, appena mettono il naso fuori dalla porta, se lo rompono contro il manganello dei tuoi soci. Tutto qui.

– È proprio da quel momento che comincia la mia storia: da quando si rompono il muso contro il manganello della polizia –. Sarti porta tutto nel secchiaio e torna al tavolo. Guarda la bambolina che lo guarda un po' sorridente e un po' sfottente e torna a chiedere:

– Chi è? – Rosas alza le spalle:

– Te l'ho detto: una! Si può sapere cosa vuoi?

Sarti Antonio, sergente, diventa professionale.

– Gastone Grossi, Michele Spinola, Andrea de' Cerchi, Filippo Coco. Cosa ti dicono questi nomi?

– Non mi dicono un cazzo e se sei venuto a rompere per questo... – Rosas si alza, s'infila un cappotto, il primo che trova, prende «Una» sottobraccio e se ne va.

Lo lasciano lí, in cucina, come se fosse il padrone di casa. Rosas, prima di uscire raccomanda:

– Quando decidi di andartene, chiudi la finestra: fa freddo e qui non c'è il riscaldamento centrale come a casa tua.

Anche «Una» ha la sua da dire e la dice:

– Se ti resta un po' di tempo, sergente, vedi di rifare il letto.

Sarti non le risponde perché ha paura di farle male, fragile com'è. Poi, come potrebbe rispondere se non con una bestemmia?

6. A Rosas interessano i quattro

Sarti Antonio, sergente, se ne va in giro tutto il santo giorno: libreria Feltrinelli, scalinata di San Petronio, le due torri, il sottopassaggio di via Rizzoli; luoghi dove si ritrovano a discutere i tipi come quelli che sta cercando. In passato incontrava i quattro due o tre volte al giorno. Oggi niente. Chiede anche, in giro: chi non gli ride in faccia gli risponde che non sa. Sembra che nessuno li abbia mai conosciuti. Ma Sarti Antonio, sergente, ha ancora una carta in mano e la gioca la sera. Anzi, la notte.

Infatti sono le due passate quando arriva con l'ottoecinquanta davanti al *Sanleonardo*. Prova un paio di chiavi e alla fine riesce a entrare: è buio pesto, ma non accende la luce. Nella sala non trova nessuno, naturalmente; ma non sperava certo di trovare il quartetto in prima fila. Come in tutte le chiese che si rispettino, anche il *Sanleonardo* ha il suo bravo campanile e Sarti Antonio, sergente, si fa tutte le scale, fino in cima.

La lampada tascabile scopre solo polvere, ragnatele, topi e piccioni addormentati.

Sarti si fa anche tutto il sottotetto, con le sue brave volte a vela e le sue capriate in legno del 1000 circa; e il risultato è lo stesso. Cioè no, un risultato c'è: si sporca dalla testa ai piedi come il garzone di un muratore.

Scende dal campanile e, a metà strada, trova una porticina che dà in un paio di stanze, oggi usate come camerini per gli attori. C'è anche una grata che guarda proprio sul palco: di qui le suore di clausura assistevano alla santa messa la domenica e gli altri giorni comandati.

Questa è un'informazione che vi dò io e che Sarti Antonio non potrebbe darvi. Ve la dò io perché so che di fianco all'ex chiesa c'era il convento delle monache di clausura. Senza malizia, ma devo informarvi che il convento comunicava con la chiesa proprio attraverso la porta che dà sulle scale del campanile.

Questo è tutto e Sarti Antonio, sergente, dopo aver guardato anche sotto i tavoli dei camerini, se ne torna fuori, lercio, sudato e stanco come un operaio alla catena di montaggio.

A casa lo aspetta un bagno, una vasca piena d'acqua calda; in camera, un letto tiepido in ambiente riscaldato e, appoggiato allo stipite della porta d'ingresso, Rosas. Che gli dice:

– Devono pagarti bene gli straordinari. Sei ridotto un cesso: da dove vieni, sergente? – Sarti Antonio, non risponde: è troppo tardi, e lui è troppo incazzato. Si spoglia e resta in mutande. Chiede:

– Cosa vuoi? – Poi si butta nella vasca. Rosas gli parla dalla soglia. Dice:

– È una brutta storia. Dove li avete portati?

– Chi?

– I quattro che mi dicevi stamattina: Gastone Grossi, Michele Spinola, Andrea de' Cerchi e Filippo Coco. Dove li avete portati?

– Dove li abbiamo portati *noi*? – Rosas comincia a fischiettare, piano, quasi in sordina, e aspetta.

– Ascolta, Rosas, mi vuoi prendere per il culo o dici sul serio?

Sarti Antonio, sergente, non può pensare che Rosas cerchi di fregarlo: non l'ha mai fatto e lo conosce troppo bene. Quello non dice piú niente, fischietta e amen.

– Piantala di sibilare come un serpente e spiegati!

– Gastone Grossi, Michele Spinola...

– ...Andrea de' Cerchi e Filippo Coco, lo so!

– ...Sono spariti dalla circolazione la sera della manifestazione e nessuno li ha piú visti in giro. Li avete arrestati quella sera: non c'è altra spiegazione.

– Tu sei matto! Non si possono arrestare quattro individui senza che nessuno sappia niente. Non si può.

– In Questura non ci sono. In San Giovanni in Monte non ci sono. Dove li avete nascosti? Dove sono? – Sarti Antonio, sergente, esce dal bagno e si avvicina a Rosas. Gli va sotto il naso e gli urla:

– È quello che vorrei sapere anch'io! Dove sono? Io lo chiedo a te! Non sono amici tuoi? Non sono tuoi compagni di Partito?

– Non sono miei compagni di Partito per il semplice fatto che io non appartengo a nessun Partito...

– No? E cosa ci facevi a quella manifestazione? Dove sei scappato quando hanno cominciato a menare? Fuori non sei uscito...

– Ne sai di cose, sergente!

– È il mio mestiere.

– Bel mestiere.

– Non ti riguarda. Allora?

– Sono andato a sentire le stronzate che dicevano: è proibito?

– No! Ma tu sei sempre immischiato in fatti poco puliti...

– Cerco di stare aggiornato e cerco di aggiornare gli altri su teorie che ritengo piú valide delle loro. È proibito?

– No! E dov'eri quando fuori picchiavano?

– Dentro, dove non picchiavano. Non vedo perché avrei dovuto uscire a prenderle, dal momento che non ritengo utile alla causa farsi menare. È proibito?

Sarti Antonio, sergente, non sa piú cosa dire; si sgonfia e si asciuga:

– Io non ti capisco. Che razza di rivoluzionario sei? – Rosas gli sorride con i suoi occhietti da miope, riprende a fischiettare e aspetta che il sergente infili il pigiama. Poi riattacca:

– Allora, dove sono finiti quei quattro?

– Senti, Rosas: sono venuto da te, questa mattina, per saperlo. Adesso la pianti e proviamo a ragionare.

– Da principio?

– Da principio –. Rosas si sistema sulla poltrona di pelle, si leva gli occhiali e aspetta.

– Raimondi Cesare, l'ispettore capo, mi ha incaricato di cercare quei quattro. Se mi ha incaricato di cercarli, vuol dire che non sappiamo dove si nascondono. Chiaro fin qui?

– Chiaro. Perché devi cercarli, sergente?

– Non ti riguarda.

Per la verità, adesso è arrivato il momento di decidere se raccontare a Rosas la storia o no. Sarti aspetta ancora. Domanda:

– E tu, perché li stai cercando? – Rosas è sdraiato sulla poltrona e tiene gli occhi chiusi. Dice:

– Sei venuto da me a chiedermi di quattro che

conosco: mi sembra logico che, appena posso, io cerchi di sapere perché t'interessano. Chiaro fin qui? – Lo scimmiotta, ma il discorso non fa una piega.

– Allora?

– Allora mi sono informato e mi sono accorto che da sette giorni si sono volatilizzati. Non vanno all'università, non li hanno piú visti al circolo, non sono piú stati dalle loro ragazze... Cos'è successo? Quattro individui possono sparire solo se finiscono in Questura o se sono morti –. Comincia a fischiettare, piano, e alle quattro di notte, Sarti Antonio, sergente, non lo sopporta. Scatta:

– Piantala! – Quello non lo ascolta neppure.
– Se non puoi dirmi dove trovarli non mi servi piú. Buonanotte, Rosas –. Rosas non si alza. Replica:

– Sei tu, sergente, che servi a me. Io non me ne vado –. Fischia, il maledetto! Sarti Antonio, sergente, decide che è arrivato il momento di parlare chiaro e gli racconta tutto: una cosa che, se lo vengono a sapere alla centrale, lo sbattono dentro e sa Dio quando verrà fuori. Ma lui non può farci niente: si fida di Rosas, si è sempre fidato di quella faccia da topo miope. Gli racconta tutto e, alla fine, è come se Rosas fosse stato presente o lo avesse visto al cinema. E ci ride sopra, quella faccia di topo! Dice:

– Come si fa a pensare che quei quattro abbiano potuto prendere a martellate la vecchia? E per quale motivo? Me lo vuoi spiegare?

– Di motivi ce ne sono almeno tre: perché la vecchia non urlasse e non richiamasse la polizia che stava nei dintorni; perché la vecchia poteva avere dei soldi e i soldi fanno comodo a tutti; perché quei quattro sono dei delinquenti nati! – Rosas si infila gli occhiali e si alza:

– Adesso vado –. Dopo di che si avvia alla porta, esce e pianta lí Sarti Antonio, sergente, paludato nel suo pigiama.

7. Nessuna novità di rilievo

Che molti cittadini fossero schedati, lo avevo già letto da qualche parte, poi la cosa era rimasta fra il sí e il no e nessuno ne aveva piú parlato. Ma vedere che anch'io sono nelle schede, mi ha fatto un certo effetto. È stato quando Sarti Antonio, sergente, è andato al casellario penale, a cercare le cartelle segnaletiche dei quattro «irreperibili al loro domicilio». Si può sempre trovare qualcosa di interessante. Io, infatti, mentre Sarti si fa i fatti suoi, ci trovo la mia scheda con tanto di foto e di impronte digitali. E ne imparo di quelle, sul mio conto, che, se non mi conoscessi da tanti anni, comincerei a sospettare di essere un delinquente irrecuperabile. Per esempio: ho tendenza alla libidine; frequento persone e ambienti pericolosi; leggo stampa poco qualificata; scrivo in maniera non ortodossa e, soprattutto, sono da tenere d'occhio per certe mie affermazioni in merito alla situazione politica nazionale e internazionale. Però (è confortante) non sono dedito agli stupefacenti e non sono omosessuale. Questo mi tranquillizza, ma resto comunque un individuo pericoloso e la società farà bene a stare in guardia. C'è scritto inoltre che non è chiaro come io riesca a vivere, visto che non ho un mestiere qualificante. Per mestiere qualificante loro intendono: fabbro ferraio, imbianchino, docente universitario, guardiafili, bottegaio, facchino, odontoiatra, poliziotto o altra simile occupazione professionale.

Ma Sarti Antonio, sergente, non è venuto per la mia scheda segnaletica e se si accorge che spreco pagine parlando di me, è capace che si arrabbia.

Dunque, il primo ricercato: Gastone Grossi. Il cartellino dice:

> Nato il 15 maggio millenovecentoepassa a Sasso Marconi (Bologna). Abitante a Bologna in via dello Sterlino 16 presso la di lui famiglia composta dal padre Amintore, dalla madre Fedora Clienti e dalla sorella minore Claudia. Iscritto alla Facoltà di Economia e commercio dell'Università di Bologna, frequenta gruppi eversivi. Ha partecipato all'occupazione della Facoltà del gennaio scorso; fotografato in molte manifestazioni con megafono.

Proprio cosí: «...Fotografato in molte manifestazioni con megafono». Come abbiano potuto fotografarlo con il megafono, lo chiederò a chi ha compilato la scheda.

> Frequenta il *Sanleonardo*: non risulta dedito agli stupefacenti; non risulta implicato in traffico d'armi; non risulta legato all'ambiente della prostituzione; non risulta sessualmente deviato. Ha rapporti, anche carnali, con certa Antonietta Carioli, via del Simposio 13.

«Ha rapporti, anche carnali...» Vorrei proprio guardare in faccia quello che li ha visti mentre avevano i rapporti carnali di cui sopra. La scheda finisce qui; ma c'è ancora molto spazio bianco che si potrà riempire in seguito.

Per Michele Spinola, niente: basta l'indirizzo. Per Andrea de' Cerchi:

> Nato a Bologna il 30 luglio millenovecentocirca e ivi abitante presso la famiglia. Il padre è il noto magistrato Fioravante de' Cerchi, ultimo erede dei marchesi de' Cer-

chi. Il giovane ha deviato notevolmente dagli insegnamenti e dall'esempio del chiarissimo genitore. Psicologicamente non equilibrato, a causa della forte emotività che a volte ha ragione della sua ragione. Molto intelligente, indirizza questo dono di natura a scopi eversivi. Frequenta la Facoltà di Giurisprudenza. Non risulta implicato in traffico d'armi; non risulta immischiato in fatti di prostituzione. Sessualmente deviato? Non risulta abbia mai avuto rapporti carnali con donne. Dedito agli stupefacenti? Il danaro per l'acquisto non gli manca. Indagare ancora. Prima di intraprendere qualsiasi azione nei suoi confronti, interpellare il padre.

Filippo Coco è un povero cane abbandonato e non si sa bene come riesca a mantenersi agli studi, visto che il padre è operaio e la madre casalinga. Vive insieme ad altri studenti in un appartamento del centro, nei pressi dell'università. I genitori gli mandano quello che possono e lui, quando trova, fa il cameriere da qualche parte. Ultimamente si è messo a vendere giornaletti usati: «Diabolik», «Jacula», «Tex Willer» e simili, per intenderci. Con questo bel campionario, Sarti Antonio, sergente, ha di che divertirsi.

Comincia con Gastone Grossi, via dello Sterlino 16; ci va di sera, quando è sicuro di trovare tutta la famiglia riunita a cena. Io mi ricordo che una volta si mangiava seduti davanti a un tavolo apparecchiato e ci si guardava in faccia. Fra un boccone e un sorso di vino, capitava che ci si scambiasse qualche parola. Adesso pare che non sia piú cosí. Infatti Sarti Antonio, sergente, trova un padre e una madre seduti a tavola davanti al televisore che parla della rappresaglia di Israele contro la rappresaglia di Malot. Tutti e due (padre e madre) hanno gli occhi incollati allo schermo e infilano la forchetta in bocca meccanicamente: se qualcuno, per scherzo, gli girasse un attimo la testa, si infilzerebbero una guancia. La donna di servizio apre la porta senza guardare in faccia chi ha suonato: fissa anche lei lo schermo del mostro elettronico. La figlia minore, Claudia, è seduta per terra, col piatto sulle ginocchia, e aspetta il seguito della rappresaglia. Aspetta un po' anche Sarti Antonio, sergente, in piedi sulla soglia; ma alla fine decide di entrare. Dice:

– Buonasera. Sono della polizia... – Ed ecco che si voltano verso di lui. Il padre, Amintore, si alza:

– Dica.

– Vorrei notizie di Gastone... – La madre non lo fa finire. Si alza di scatto e chiede:

– Cos'è successo al mio Gastone? – Per intendersi bisogna urlare, ma a nessuno passa per la testa di abbassare il volume della macchina infernale.

– Non lo so: vorrei che me lo diceste voi –. Adesso è la piccola che interviene:

– Volete parlare piano che non si capisce un cazzo? – Sarti Antonio, sergente, aspetta la sberla che il padre deve dare alla piccola. Ma non arriva e allora decide che è ora di fare sul serio. Scavalca la fanciulla e spegne il mostro: sembra di essere in paradiso.

– Cos'è successo al mio Gastone?

– Vorrei sapere dove posso trovarlo –. Il padre, Amintore, lo fa sedere. Dice:

– È molto tempo che non lo vediamo...

– Come sarebbe a dire?

La piccola Claudia è un tesoro, cinguetta:

– Dal 16 di gennaio, a cena. Le basta?

– Mi basta –. Il 16 gennaio hanno dato la martellata in testa alla cara, dolce vecchietta. Sarti Antonio, sergente, incalza:

– E nessuno si è preoccupato di questa lunga assenza? – Interviene la signora Fedora: le mamme sono tutte buone, quando si tratta dei figli.

– Il mio Gastone ha molto da studiare e sta fuori casa spesso per studiare con gli amici.

– Non ha telefonato?

Adesso è il turno del signor Amintore:

– No! Cosa gli è successo?

– Non lo so. Lo stiamo cercando per chiederglielo.

Inutile stare a perdere tempo lí. Sarti Antonio se ne va. La signora Fedora lo raggiunge sulle scale. Domanda affannosamente:

– Ha combinato qualche guaio, signore?

È il caso di spiegarle che è implicato in un omicidio, ma che, in fondo, non è poi tanto grave? Sarti Antonio, sergente, decide di no: che non è poi tanto grave dare martellate in testa alle vecchiette... Ma non è finita qui. La piccola Claudia, dalla finestra, gli urla la sua:

– Se ha messo incinta quella stronza di Antonietta, mi fa piacere! – Antonietta Carioli, quella dei «rapporti carnali». Che, tempi! Che gioventú! Che genitori!

Antonietta Carioli, via del Simposio 13: una casa di periferia, dove la gente, di sera, si siede ancora davanti alla porta a parlare con i vicini. Ciascuno sulla sua sedia, portata da casa.

I rapporti carnali con Antonietta Carioli devono essere piuttosto simpatici: è una ragazza fresca come una rosa appena sbocciata, con tutto quello che occorre perché il succitato rapporto giunga a una perfetta soluzione. Sarti Antonio, sergente, ci farebbe un pensierino. – Vorrei parlare con lei.

I presenti lo guardano e aspettano.

E Sarti Antonio, sergente, fa quello che non farebbe mai: mostra a tutti la tessera. Dice: – Sono della polizia.

Antonietta si alza e invita:

– Venga con me –. E si avvia, lungo la stradina di periferia, senza aggiungere altro. Sarti Antonio le va dietro volentieri: in piedi lei è ancora piú «carnale» perché fa vedere tutto senza mostrare niente.

Camminano per un po' finché non arrivano alla ferrovia. Antonietta si siede ai piedi della scarpata, su un muretto. Dice:

– Allora? – Attorno non c'è anima viva. Solo il freddo di una sera d'inverno e il silenzio della periferia.

– Voglio sapere di Gastone. Dov'è? – Antonietta scuote i capelli neri:

– Non lo so. Se n'è andato da un pezzo. Dev'essergli successo qualcosa perché mi ha sempre avvertita quando se ne andava...

– È il tuo ragazzo?

– Cosa vuol dire?

– Vi trovavate spesso?

– Sí –. Sarti Antonio, sergente, non sa cos'altro chiedere. Dice:

– Se si fa vivo, telefonami –. Ci crede poco, ma prova lo stesso.

– È tutto? – Ci sarebbe dell'altro, ma non qui: magari in camera, al caldo...

– È tutto –. Antonietta si stringe addosso il giubbetto di lana e si alza. Dice:

– Va bene –. Tornano indietro. Lungo la strada, lei riprende:

– Posso sapere perché lo stai cercando? – Se gli parla con il «tu» significa che poi non è vecchio come teme.

– Non è successo niente: è solo per accertamenti, stai tranquilla –. Lo ha detto tanto bene che ci crede anche lui. Lo ha detto tanto bene che lei lo prende sottobraccio e lo stringe.

– È freddo!

– Non hai niente addosso –. Sente il seno contro il braccio. – Dove posso trovarti se avrò ancora bisogno?

– Non credo che avrai ancora bisogno –. Sono arrivati. Antonietta dice:

– Se ci sono delle novità, dove ti telefono? – Sarti Antonio le dà il numero, quello di casa. Non sa bene perché.

8. Qualcosa di nuovo?

Le cose restano esattamente al punto di prima: cioè dei quattro neppure l'ombra. Ma non si può sparire senza lasciare traccia, lo sa anche l'agente Felice Cantoni.

– Mi pare impossibile! Se uno si butta nel fiume presto o tardi viene a galla. Poi uno può anche sparire, ma quattro? Mi pare impossibile!

– Anche a me!

– Hai cercato dappertutto?

– No! Non ho ancora guardato sotto il letto –. Felice Cantoni sa quando è il momento di smetterla. E la smette.

L'auto 28 viaggia da sola. È uno di quei giorni che non succede niente e si potrebbe anche schiacciare un sonnellino se Sarti Antonio, sergente, non continuasse a ragionare a voce alta, come fa tutte le volte che deve risolvere un problema:

– I parenti non sanno che fine ha fatto il Gastone. Alla nonna per poco non è venuta una sincope quando le ho detto che cercavo il nipotino. Tu dove ti nasconderesti? – Felice Cantoni non capisce mai quando quell'accidente parla da solo e quando parla con lui. Nell'incertezza, non risponde.

– Tu dove ti nasconderesti?

– Dici a me?

– A chi? Siamo io e te! A chi?

– Io… be'… ma… Io non devo nascondermi… Non ci ho mai pensato.

– Prova a pensarci.

– Il mio sarebbe un problema grave: dovrei portarmi dietro un sacco di medicine per l'ulcera…

– Bestia! – Felice Cantoni, agente, all'urlo di Sarti, inchioda la macchina in mezzo alla strada, cosí di botto che, per poco, non lo tamponano. Chiede:

– Cos'è successo? – Sarti Antonio, sergente, non lo ascolta neppure. Continua a ripetere:

– Bestia! Bestia! Il dottore! Se Andrea de' Cerchi è dedito agli stupefacenti può saperlo il suo dottore. E se è dedito agli stupefacenti, non può farne a meno per molto. È un rischio, ma io ci provo. Dica quello che vuole!

– Chi?

– Mi presento e gli spiego chiaro e tondo cosa voglio. In tribunale… – Sempre per il fatto che non si sa mai se Sarti parla da solo o con gli altri, l'agente Felice Cantoni non batte ciglio.

– Vai in tribunale! Vai in tribunale! – Adesso Cantoni ha capito bene. Gira l'auto e si ferma sulla piazza del tribunale.

– Aspettami qui –. Sarti ci mette un secolo, ma arriva davanti al magistrato. Ci mette un secolo perché deve fare un sacco di passaggi da un usciere all'altro, da una anticamera all'altra.

– Marchese Fioravante de' Cerchi? – L'interpellato accenna di sí con la testa e continua a sfogliare le sue carte. Devono essere importanti. Chissà se piú di suo figlio?

– Sarti Antonio, sergente. Cerco suo figlio Andrea de' Cerchi implicato in un omicidio –. Anche se suo figlio è piú importante delle carte che gli stanno davanti, il marchese non lo dimostra. Finisce di leggere, poi si toglie gli occhiali, si appoggia alla sedia di cuoio e guarda in faccia Sarti Antonio. E s'informa:

– Da chi dipende lei, sergente? – Ecco, quando la gente si comporta in quel modo, a Sarti Antonio, sergente, viene la mosca al naso. E quando poi lui non può muovere un dito per far cambiare atteggiamento alla gente in questione, allora gli vengono le crisi di colite. Come adesso. Risponde:

– Dall'ispettore capo Raimondi Cesare –. Il marchese non fa una piega. Prende il telefono:

– Passatemi l'ispettore capo Raimondi Cesare –. Glielo passano. – Caro ispettore, sono il marchese Fioravante de' Cerchi. Ho qui, davanti a me, un tale che dice di chiamarsi Sarti Antonio, sergente Sarti Antonio... – Dall'altro capo del filo Raimondi Cesare, ispettore capo, deve averlo interrotto:

– No, niente di grave, caro ispettore. Volevo solo avere conferma. La ringrazio vivamente. Ossequi –. Giú il microfono. – Dica pure, sergente –. Sarti non ricorda piú niente, non sa perché è in quell'ufficio.

– Allora?

– Volevo... M'interessava sapere se suo figlio... Il signorino Andrea, insomma, manca da molto tempo da casa?

– Caro sergente, bastava che lei mi telefonasse e io le avrei risposto che le assenze di mio figlio non mi riguardano, ma che, comunque, sono parecchi giorni che non ho il piacere di incontrarlo a tavola.

– Magari dal 16 gennaio?

– Non ho tenuto il conto, caro sergente. Può essere, può essere.

– E nessuno... si è preoccupato?

– Caro sergente, mio figlio ha la sua vita nella quale io non desidero interferire.

– Frequenta... Cioè, si trova spesso con certi gruppi...

– Eversivi? Può essere, caro sergente, può essere –. Sarti Antonio, decide di prendere il toro per le corna:

– Le risulta che sia dedito agli stupefacenti? – L'ha detto tutto d'un fiato, sottovoce, ma quello, come al solito, non fa una piega:

– Caro sergente, spero di no. Ha nient'altro da chiedere?

– Sí. Vorrei sapere se il signorino Andrea ha un conto... cioè se possiede una certa somma alla quale attingere senza... senza disturbare lei –. Non ce la fa piú: deve far presto se non vuole correre rischi: con la colite non si è mai sicuri!

– Gli passo un assegno mensile, caro sergente.

– E questo mese lo ha ritirato? – Ancora di scena il telefono:

– Mi passi il direttore –. Glielo passano, e c'era da dubitarne? – Caro direttore, vuole essere cosí gentile di dirmi se Andrea ha ritirato il suo assegno di febbraio? No? Grazie, caro direttore –. Giú il microfono. – Ha sentito, caro sergente? Posso esserle ancora utile?

– Il medico di suo figlio, signor marchese... – Lo dice talmente sottovoce che il Fioravante deve sporgersi sul tavolo:

– Prego?

– Il medico di suo figlio, signor marchese... – L'altro scarabocchia qualcosa su un foglio, e glielo consegna. Dice:

– Arrivederla, caro sergente e stia bene.

Al primo usciere che trova nel corridoio chiede di un gabinetto. Quello glielo indica, schifato, come se gli uscieri non lo usassero mai. O almeno mai in servizio. Il piú vicino è lontanissimo, ma Sarti Antonio, sergente, deve raggiungerlo. Riprende a respirare solo quando ci si è chiuso dentro. Si asciuga il sudore.

Giú lo aspetta Felice Cantoni, agente, agitato come nelle grandi occasioni:

– Ha chiamato l'ispettore capo... Ha chiesto se sei diventato matto... Ha detto di rientrare immediatamente... Ha detto che cosa ti è saltato in testa... Ha chiesto...

– In via... In via... – Sarti legge il foglio che gli ha consegnato il marchese e ripete a voce alta. Felice Cantoni non lo fa finire. Domanda:

– E l'ispettore capo?

– Dopo.

Sarti Antonio si presenta al dottore che probabilmente sa già tutto. E dichiara:

– L'aspettavo, sergente Sarti. Mi dica.

– Vorrei sapere se Andrea de' Cerchi è affetto da qualche malattia...

– Nessuna che mi risulti.

– È dedito agli stupefacenti?

– Dovrei farla buttare dalle scale, ma poiché il marchese mi ha pregato di rispondere alle sue domande, le dirò che non mi risulta sia dedito agli stupefacenti.

Sarti Antonio non ha altro da chiedere e si prende il lusso di voltare la schiena e di andarsene senza salutare.

– Da Rosas.

– Ha richiamato la centrale. L'ispettore capo dice...

– Da Rosas!

Da Rosas Sarti entra come un bisonte. Urla:

– Se non sei un figlio di puttana come il marchese Fioravante de' Cerchi e il medico di famiglia, mi devi dire se Andrea usa stupefacenti! – Aspetta. Aspetta ancora un po' e torna a urlare:

– Allora? – Rosas si toglie gli occhiali e li pulisce con le dita. Cosa pulisce, poi? Dice:

– Non sono un figlio di puttana e non sono marchese.

– Se quando rientro in centrale non so se Andrea de' Cerchi usava stupefacenti, l'ispettore capo Raimondi Cesare apre l'istruttoria per il mio definitivo allontanamento dalla polizia.

– Capirai che guaio!

– Allora?

– Fuma qualche sigaretta. Nient'altro. Ti basta, sergente? – Anche di qui, Sarti esce senza salutare.

– Alla centrale –. Adesso che venga la tempesta! Ha un ombrello per ripararsi e i fulmini non gli fanno paura! E i fulmini arrivano:

– Io penso, è vero, come si dice, che lei, sergente Sarti Antonio, ogni tanto dia i numeri! Che cosa le è saltato in mente? Quello è un magistrato che non guarda in faccia nessuno! Quello è capace... – Sarti butta lí la notizia, come se niente fosse:

– Ma suo figlio è dedito agli stupefacenti.

– Suo figlio di chi?

– Il marchesino Andrea de' Cerchi, ricercato assieme ad altri tre individui: Gastone...

– Abbassa la voce! – L'ombrello ha retto. Adesso si può parlare con piú calma. Raimondi Cesare, ispettore capo, si è messo tranquillo. Chiede piano:

– Sei sicuro, Sarti?

– Come sono sicuro di essere qui!

– Prove?

– Testimonianze di suoi amici. Ora io dico: se quello è abituato a fumare, non può stare nascosto per molto. Prima o poi si farà vivo. Dobbiamo solo controllare la banca dove andrà a prelevare l'assegno di febbraio, dal momento che non lo ha ancora riscosso.

Raimondi Cesare, ispettore capo, è distrutto. Mormora:

– Bisognava fare le cose con piú tatto. Quello è un magistrato... Bisognava, è vero, come si dice, che tu ne parlassi prima con me...

– Adesso è andata e sappiamo quello che volevamo. Inutile recriminare –. Sarti parla come se fosse nel bagno di casa sua: con estrema sicurezza.

– Va bene! Va bene! Avvertirò la banca di tenermi informato...

– Ci vuole un uomo là, a controllare!

– Ma non si può! Il marchese, è vero, come si dice, non lo permetterà! È... È un magistrato tutto d'un pezzo!

– Ma suo figlio è dedito agli stupefacenti! – Sarti Antonio, sergente, ha spinto il gioco troppo in là e se ne accorge adesso che Raimondi Cesare, ispettore capo, gli urla:

– Ho capito! Ma è suo figlio che fuma, non lui! E non ti scappi una parola di questa storia, se non vuoi finir male. E non venire a insegnare il mestiere a me! – Per la terza volta in una giornata, Sarti Antonio, sergente, si prende il lusso di voltare la schiena e di uscire senza salutare. Il suo lavoro lo ha fatto. E bene, stavolta. Ha voglia di lasciarsi andare:

– Due caffè –. È inutile che Felice Cantoni tenti di protestare:

– Non posso: l'ulcera. Mettici un goccio di latte caldo che mi farà meno male...

– Maledetto! Come si fa a rovinare in quel modo un buon caffè?

La giornata finisce in gloria perché voi non immaginate chi trova Sarti seduta sui gradini del pianerottolo, quando torna a casa. O forse lo immaginate. Ci trova Antonietta Carioli. Ma non dice niente. Infila la chiave nella serratura e si apre la porta a fianco. La grassona bionda gli sorride. Gorgheggia:

– Buonasera. C'è questa signorina che l'aspetta da un pezzo, poverina. Io le ho detto di entrare da me, ma lei non ha voluto, poverina –. Sarti non la fa finire. Replica:

– Ho visto. Buonanotte –. E le chiude la porta in faccia. Antonietta Carioli sorride:

– Quella fila –. È la seconda volta che glielo dicono e Sarti Antonio ne ha piene le tasche:

– Maledetta grassona! Pensasse ai fatti suoi!

– Quella fila! – Sarti fa sedere la ragazza e le domanda:

– Un caffè? – Lei fa segno di no con la testa bruna. È bella! Sarti Antonio decide che è una gran bella ragazza. Non sa cosa dire. S'informa:

– Ci sono novità? – Sempre con la testa bruna, Antonietta fa segno di sí. È fatta: se Sarti Antonio, sergente, sperava che quella fosse venuta per la sua bella faccia, adesso sa per certo di essersi sbagliato. Dice:

– Intanto che preparo qualcosa da mangiare, puoi toglierti di dosso...

– Di già?

Lui in fondo è un timido. Brontola:

– Dico il cappotto –. E si chiude in cucina.

Mangiano e bevono. Sarti Antonio non vuole che arrivi il momento, ma arriva. Antonietta dice:

– Io devo sapere perché cerchi Gastone...

– E io non posso dirtelo.

– Va bene: allora non ci sono novità! – Lui versa ancora un bicchiere di rosso che la ragazza vuota subito. Sarebbe il caso di prenderla per un braccio e accompagnarla in camera, poi...

Al diavolo il lavoro! Si alza, la prende per un braccio...

Non c'è bisogno di altro.

Sotto, è proprio come immaginava. Bianca, morbida e calda come...

Sono le solite cose che si dicono, ma è proprio a questo che si pensa in certi momenti.

Non sa se lei è soddisfatta. Glielo chiede:

– Hai... hai finito? – Sorride e gli dice sí col capo, i capelli neri sul cuscino bianco.

– Sicura? – Antonietta gli prende la testa e se la stringe sul seno. Basta! Sarti sogna a occhi chiusi, per un istante che sembra un secolo, ma che finisce subito. Voglio dire che non si sa mai se si vorrebbe restare ancora o se si vorrebbe che tutto fosse già finito... Non so se capite.

– Ho trovato un biglietto nella cassetta della posta. È suo.

Adesso è proprio tutto finito e non c'è speranza. Ma è sempre meglio qui che nell'ufficio dell'ispettore capo o sull'auto 28. Le si sdraia al fianco, una mano sul ventre piatto, caldo e dice:

– Racconta –. Silenzio. La guarda, sorridente, occhi socchiusi. proprio bella. Chissà se nella scheda segnaletica di Sarti Antonio, sergente, qualcuno, domani, scriverà: «Ha avuto rapporti carnali con Carioli Antonietta...» Lei lo toglie subito da questi pensieri perché gli dice:

– Sei tu che devi raccontare...

– Va bene –. E Sarti Antonio, sergente, le serve tutta la storia e la guarda in faccia, mentre parla. Lei sta con gli occhi chiusi, ma, alla fine, non riesce a tener dentro le lacrime. Balbetta:

– Non ci credo! Gastone non è capace di una cosa simile –. Si asciuga le guance col dorso della mano, come farebbe una bambina. Manca solo che tiri su con il naso... Ma non smette di piangere.

– Non ho detto che sia stato lui: uno qualunque dei quattro. Bisognerebbe trovarli per saperlo. Non so dove cercare ancora. E piú se ne resta nascosto, piú la sua posizione diventa critica –. Antonietta Carioli, scende dal letto, nuda com'è, e continua a piangere. Se un giorno una donna piangerà in quel modo per voi, potrete dirvi fortunati...

Prende un foglio dalla borsetta e lo consegna a Sarti Antonio, sergente. C'è scritto: «Sto bene. Non cercarmi e non credere a niente di quello che ti diranno. Appena potrò, mi farò vivo. Ti bacio tutta. Gastone».

Sarti lo gira fra le mani; è scritto sul retro di un volantino che dice: «Terzo festival della canzone folk. Tutti i lunedí al *Sanleonardo* un gruppo politico presenterà canti popolari e antifascisti. Prima serata lunedí prossimo». Significa che Gastone Grossi non si è mosso dalla città. È già qualcosa!

– Ecco perché non credo a una parola di quello che mi hai raccontato.

– Quando l'hai trovato?

– Questa mattina. Ieri sera non c'era.

– Pensi che te ne farà avere altri?

– Non lo so, ma tu non devi far niente per trovarlo.

Sarti Antonio, sergente, è in un pasticcio come non ci si era mai trovato.

– Non posso. È il mio lavoro...

– Non dire cazzate! Tu non sei come i tuoi colleghi.

Lui non capisce se glielo dice per fargli un favore o se lo dice per convincerlo. Ma adesso non è il momento di pensare. Un bacio su un capezzolo e le asciuga le lacrime. È un amore!

9. Rosas ne sa piú di lui, come al solito

Gli scrupoli gli passano subito quando Raimondi Cesare, ispettore capo, gli dice:

– Andrea de' Cerchi ha ritirato l'assegno alla banca!

– Bene, l'avete preso?

– No!

– Come sarebbe no?

– Sarebbe no!

Non vale neppure la pena di incazzarsi.

– Quando è stato?

– Questa mattina.

– Ma si era detto... – Sarti Antonio non riesce a rendersi conto... Gli chiarisce le idee proprio il Raimondi Cesare, ispettore capo:

– Si era detto... Si era detto! Ho ritenuto di fidarmi del direttore e mi sono, è vero, come si dice, sbagliato. Pare che non abbia fatto a tempo ad avvertirmi. Pare che il cassiere non si sia piú ricordato...

– Cosí è tutto da rifare... – Cose dell'altro mondo. Sarti Antonio, sergente, bestemmia. Ecco che gli scrupoli (se raccontare o no la faccenda del biglietto) gli passano: se l'ispettore capo Raimondi Cesare si fa i fatti suoi e se ne frega del servizio, non c'è motivo che lui, Sarti Antonio, sergente, stia a tormentarsi la coscienza. Poi Antonietta Carioli gli piace... Poi Antonietta Carioli non può essere innamorata di un delinquente che prende a martellate le vecchie... Poi... Poi basta! Sarti Antonio non apre bocca. L'ultimo tentativo lo fa a casa di Filippo Coco. Casa per modo di dire, perché piú che altro è un posto dove si accatastano gli studenti, uno sull'altro come fossero cose. Lo schifo che mi fanno! Non gli studenti. State a sentire: arrivano in città, quei disgraziati che devono andare all'università e, naturalmente, non sanno dove andare a dormire; le iene gli si gettano sopra e hanno il coraggio di affittargli un buco (chiamato camera) dove ci sono sei letti, uno attaccato all'altro; e vogliono quarantamila lire al mese da ogni studente. Magari Filippo Coco o gli altri hanno pure provato a dormire sotto un portico, ma con l'inverno diventa difficile e allora non resta che tirar fuori le quarantamila, riscaldamento escluso.

Ovvero il popolo che sfrutta i figli del popolo, in nome del popolo (e della cultura).

Perché non potete venire a raccontarmi che chi affitta cosí le camere è un capitalista, sfruttatore che possiede tutto il centro storico, e quindi, o prendere o lasciare... No, cari miei. Quelli sono muratori che si sono comprati a rate un lurido appartamento nei pressi dell'università. Sono contadini che hanno trasformato in dormitorio pubblico il magazzino a piano terra che dà direttamente su un cortile senz'aria. Sono bottegai che la domenica hanno sputato l'anima per rendere passabile una soffitta che il nonno gli aveva lasciata piena di bauli e di polvere! Altro che balle! Venite a vedere: Filippo Coco ha il letto in un angolo che per raggiungerlo bisogna passare sopra altri cinque. La finestra dà direttamente sul marciapiede e se la aprono un momento, per cambiar aria, la camera si riempie dei gas di scarico delle auto che non ci si vede piú da qui a lí. C'è puzza di tutto: dal sudore all'orina, dalla muffa alla scoreggia.

– È qui che dorme? – Gli fanno cenno di sí e continuano a leggere i loro libri e a prendere appunti: – Da quanto non lo vedete?

– Da molto tempo: sarà un mese.

– E non avete pensato di avvertire la Questura? – Nessuno gli risponde. Sarti ripete:

– Perché non avete avvertito la Questura?

– E perché avremmo dovuto avvertirla? – C'è da incazzarsi o no? Se solo si riuscisse a vedere in faccia quei quattro stronzi che stanno attorno!

– Non avete luce qua dentro? – Qualcuno accende e lo spettacolo deprime del tutto. Poi dicono che gli studenti fanno male a protestare, che dovrebbero essere piú civili, che non è questo il modo di comportarsi. Ma dovrebbero far saltare tutto, dovrebbero, altro che protestare!

Il sergente guarda sul letto, guarda sotto il letto, guarda sul mobiletto: libri usati e giornali vecchi. Un paio di mutande, due fazzoletti, una canottiera e un cappotto. Adesso gli viene in mente che uno dei quattro che scappavano in via dell'Unione aveva addosso solo una giacchetta striminzita: Filippo Coco, poveretto! Sarti Antonio non lo conosce personalmente, ma questo Filippo Coco comincia a fargli un po' pena. Raccoglie il cappotto e fruga nelle tasche. Dice, a voce alta, che sentano tutti:

– Se non gli fate avere il cappotto, quello muore assiderato! – Qualcuno gli risponde:

– Sono venuto per questo –. È entrato Rosas. Si avvicina al letto di Filippo Coco, prende il cappotto dalle mani di Sarti Antonio, sergente, ed esce. Sarti Antonio, sergente, gli va dietro:

– Ti accompagno.

– Non importa –. Fanno un gran pezzo di strada, ma girano in tondo e si ritrovano sempre al punto di partenza.

Rosas si ferma. Dice:

– Io ti porto da quei quattro quando avrai capito che con l'omicidio non c'entrano.

– Se tu sai dove sono, hai il dovere di avvertire la Questura.

– Vai a prenderlo nel culo! – Rosas ricomincia il girotondo e Sarti Antonio, sergente, ha tutto il tempo che vuole per ragionare e decidere. E finalmente dice:

– D'accordo! Spiegami perché non c'entrano –. Sono arrivati davanti a San Petronio e Rosas lo prende per un braccio e lo accompagna a sedere sui gradini della chiesa. Fa un freddo cane:

– Non si potrebbe andare in un bar?

– Va bene qui –. Se lo vedono quelli della Questura...

– Avanti, sentiamo...

– Quando quei quattro, Gastone Grossi, Michele Spinola, Andrea de' Cerchi e Filippo Coco, sono entrati nell'ex casino di Imelde Scampini, l'hanno trovata già morta.

– Te lo hanno detto loro?

– Non li ho ancora visti.

– Sai dove sono?

– Lo immagino!

– Tutto qui? – Rosas pensa a come può farglielo capire e ci prova:

– Mi hai spiegato tu com'è stata trovata la vecchia: dovresti averlo capito che non sono stati loro.

– Non l'ho capito: sono un povero questurino deficiente.

– La vecchia era seduta in poltrona: tracce di sangue in giro, nessuna. Allora, secondo te, i quattro sono entrati come furie, lei li ha ricevuti, li ha fatti accomodare nel salotto, come ai bei tempi dei casini, si è messa comoda in poltrona e ha detto: «Prego, picchiate qui con il martello che mi fate piacere!» Non credi che, come minimo, si sarebbe messa a urlare come un'ossessa? E tu, che non eri a piú di dieci metri, avresti sentito. O no? La logica dice che la vecchia avrebbe dovuto lottare con i quattro, scappare per tutta la casa, farsi martellare qua e là, in giro, sporcare di sangue il salotto come un macello. E invece no! L'hai trovata seduta in una poltrona che, assieme a un'altra (un'altra sola e non altre quattro, ricordatene!) era senza il telo protettivo di plastica. Perché? – Rosas finisce qui e Sarti Antonio, sergente, è già convinto. Lo studente ripete:

– Perché?

– Che ne so? Avrà dato appuntamento a qualcuno –. Il discorso cade e il sergente, non sente piú il freddo. Comincia a ragionare, a voce alta, come al solito:

– Figurati se poteva andarmi bene. Era troppo bello per essere vero. Tutto cosí chiaro, tutto cosí semplice che faceva invidia... E nessuno di quegli stronzi a pensarci! È mai possibile che l'ispettore capo, che quelli della Scientifica, che tutti gli altri, non ci abbiano pensato?

– Gli hai dato la soluzione in mano: cosa dovevano cercare ancora? – Sarti Antonio non sa pensare ad altro:

– Da dove si può ricominciare? Chi glielo dice all'ispettore capo?

– E perché dovresti dirglielo?

– Ma quello ha mobilitato tutta la Questura e prima o poi finisce che li trovano...

– Non li trovano!

– Portami da loro!

Rosas si alza e riprende il girotondo. Dice: – Vieni al *Sanleonardo*, questa sera.

– Non mi fanno entrare: ci vuole la tessera.

– E tu prendi la tessera.

– Mi conoscono tutti a Bologna, ormai...

– Tu mettiti un bel paio di baffi, la barba e gli occhiali da vista... Ci vediamo questa sera! – Lo pianta davanti a San Petronio e se ne va a casa.

Magari Rosas lo ha detto per scherzare, ma Sarti Antonio, sergente, non ha scelta e quando si presenta al *Sanleonardo*, baffi, barba e occhiali da vista, è sicuro che nessuno lo riconoscerà. Fa un po' ridere: i baffi gli pendono ai lati della bocca e si collegano alla barba all'altezza del mento... Proprio un bel lavoro! Ma ci ha sudato parecchio: si è truccato dodici volte prima di essere soddisfatto. Per gli occhiali è stato un po' difficile perché non ne aveva a portata di mano; cosí ha chiesto in prestito quelli di Felice Cantoni, che li usa per leggere. Il guaio è che, quando li ha sul naso, come adesso, non ci vede una madonna.

Arriva all'ingresso, come può, e chiede un biglietto. Gli dicono:

– Ci vuole la tessera del circolo. Ce l'hai?

– No.

– Vai a farla.

– Come ti chiami?

– Michele Santoro...

– Mille lire –. Paga e non gliele rimborsa piú neanche Cristo.

– Un biglietto...

– Mille lire –. Ripaga e non gliele rimborsa piú neanche Cristo. Cerca con gli occhi uno qualunque dei quattro o magari Rosas, ma è inutile, tanto le sole cose che riesce a intravvedere sono delle ombre sfocate. A tentoni trova una poltrona libera, dopo essersi seduto su tre tipi che non riesce a scorgere. Prega che venga presto il buio cosí potrà togliersi gli occhiali.

Comincia un sacramento di spettacolo teatrale che, a quanto sente, parla di una tale Thi, moglie di un tale Gui-ie, che si dispera perché il marito non torna a casa la sera. Dopo viene a sapere (Sarti Antonio. Ma lo viene a sapere anche la moglie) che il Gui-ie, invece di tornare dal lavoro e far l'amore con la moglie (sposata da venti giorni) se ne va in giro a far saltare i ponti... E avanti di questo passo fin che la voce di Rosas non gli dice, in un orecchio:

– Salute, sergente –. Gli sta seduto a fianco con il cappotto di Filippo Coco sulle ginocchia. Sarti Antonio gli sussurra:

– Dove sono?

– Vedrai...

Si va avanti ancora un po' con la storia di non so quali pioli e alla fine c'è pure il dibattito col pubblico. Quando tutti si alzano per andare a dormire si alza anche Rosas. Sarti Antonio, sergente, gli si attacca alla manica e non lo molla piú. Rosas se lo trascina dietro e si chiudono nel cesso.

– Sei matto? Se entra qualcuno ci prende per due finocchi!

– Sta' zitto e spegni la luce.

Restano chiusi nel cesso per un pezzo; poi non si sente piú nessuno in giro, fuori.

– Andiamo! – Rosas apre la porta e si fa luce con una pila elettrica. Non c'è piú nessuno: solo l'odore delle sigarette e della polvere del palcoscenico. Sarti Antonio, sergente, si strappa tutta la bardatura e finalmente può respirare. Dice:

– Guarda che qui ho già cercato io. È tempo perso! – Rosas non gli risponde e lo spinge in sala. Dice, sottovoce:

– Fa' piano e siediti lí –. Dopo, Sarti non lo sente piú. Si guarda attorno ma non ci si vede a un dito dal naso.

Stare al buio per un po' può anche essere simpatico, ma quando sono passati trenta-quaranta minuti, vi assicuro che la storia comincia a dare sui nervi. Soprattutto se puoi anche aspettarti, da un momento all'altro, una legnata in testa. Finisce che ti irrigidisci, incassi la testa nelle spalle e aspetti la legnata: ti si indolenziscono i muscoli del corpo. L'ambiente poi stimola la peristalsi intestinale (non so se capita anche a voi) e Sarti Antonio, sergente, è tormentato dai morsi della colite e vorrebbe tornare a chiudersi nel cesso di prima.

Sta per mandare tutto al diavolo e tirare una bestemmia, quando sente un rumore: non capisce bene di che genere, comunque si ripete. Come se qualcuno stesse aprendo una porta con i cardini arrugginiti. Ha un bel guardarsi attorno: gli resta solo da incassare ancora di piú la testa e magari proteggerla con le mani. Qualcuno parla:

– Dov'è la pila?

– Al solito posto...

– Sono umido fin dentro le ossa.

– Ho solo fame e vorrei...

Al «vorrei», improvvisa, la luce! Una bella luce piena, bianca, che illumina la scena come se fosse giorno e rompe gli occhi ai quattro attori involontari che stanno inchiodati sul palco. Sarti Antonio, sergente, li vede, ma quelli non vedono lui e bestemmiano, coprendosi gli occhi.

Ci sono tutti e quattro: Gastone Grossi, Michele Spinola, Andrea de' Cerchi e Filippo Coco. Poi entra in luce anche Rosas. Dice:

– Ti ho portato il cappotto –. E lo consegna a Filippo Coco.

Tutti rimangono di sasso. Alla fine è Andrea de' Cerchi che dice:

– Sei diventato matto? Cosa sei venuto a fare? – A questo punto è come se anche gli altri si svegliassero:

– Chi ti ha detto che eravamo qui?

– Come sei entrato?

– Ti ha seguito qualcuno?

– Cosa vuoi?

– Spegni quei fari...

– Vuoi che arrivi la polizia? – È il colpo di scena perché Sarti Antonio, sergente, salta sul palco e dice:

– È già qui! – Vi giuro che se la situazione non fosse cosí tesa mi metterei a ridere. Sarti Antonio, sergente, ha ancora un pezzo di baffo che gli pende dal labbro e qualche pelo di barba sparso qua e là sul mento.

Nessuno parla per un po', ma da come i quattro guardano Rosas, le cose non vanno molto bene.

Se sono stati loro a prendere a martellate la vecchia, adesso non ci mettono niente a prendere a martellate Sarti Antonio, sergente, e Rosas. Ma non succede.

Andrea de' Cerchi è il piú lucido di tutti. Prende Rosas per il cappotto e lo inchioda a una colonna:

– Perché hai portato qui questo... questo...

– Perché sa che non siete stati voi –. Andrea de' Cerchi si vede subito che è figlio di un marchese: magro, con due manine che farebbero invidia a una troia da casino. I capelli biondi gli incorniciano la faccia che sembra un Cristo. Chiede a Sarti: – È cosí?

– Se lo dice Rosas... – Il sergente guarda attorno. Quei quattro figli di puttana se ne stavano chiusi sotto il palco e sono usciti da una botola in un angolo. Va a guardare: la botola dà in un sotterraneo. Rosas spiega:

– Era la cripta della chiesa. Sopra hanno costruito il palco e hanno lasciato la botola per il materiale –. Sarti Antonio, sergente, scuote il capo. Dice:

– Li trovava il diavolo, sepolti lí sotto! Eravate nascosti qui anche tre sere fa?

– Ah, eri tu?

– Ero io e vi stavo cercando –. Gastone Grossi non ha ancora aperto bocca. Va vicino a Sarti Antonio e lo guarda in faccia. Chiede:

– Cosa vuoi? – È un bel tipo: val la pena di piangere per lui, come ha fatto Antonietta.

– Cosa vuoi? – Lo ripete in modo che bisogna subito spiegarsi:

– Voglio sapere tutto di quella sera e della vecchia –. Rosas è andato a spegnere i riflettori e ne ha lasciato uno solo: si sta un po' meglio senza quelle luci negli occhi. Non so come resistano per delle ore, gli attori.

Si siedono tutti sul tavolato e Sarti Antonio aspetta che qualcuno si decida. Li guarda in faccia, uno per uno: Gastone Grossi ha gli occhi lucidi, come se avesse la febbre e non ci sarebbe niente di strano, visto che quella cripta è impregnata di umidità e che siamo in inverno.

Sarti Antonio, sergente, si toglie il cappotto e glielo mette sulle spalle. Pare che nessuno abbia voglia di parlare. Allora comincia Rosas:

– Dovete raccontargli come sono andate le cose... – Gastone Grossi alza gli occhi e guarda Sarti. Ha proprio la febbre:

– Perché?

– Perché può darvi una mano...

– Un questurino? Da quando in qua?

A Sarti viene voglia di strappargli il cappotto che gli ha messo sulle spalle, poi pensa ad Antonietta e lascia perdere. Dice: – Fidarsi di me, adesso come adesso, è la sola cosa che possiate fare; a meno che non preferiate morire, in quella cripta. E da come stai, non è escluso.

Andrea de' Cerchi è sempre il piú positivo. Chiede a Rosas:

– Chi ti ha detto che eravamo qui? – Rosas non si scompone:

– Voi –. Mostra il foglietto che Gastone Grossi ha mandato ad Antonietta Carioli. Spiega:

– Questi volantini sono stati stampati qui dentro qualche giorno fa per essere distribuiti stasera per la prima volta: non potevi averlo preso che qui dentro –. Gastone Grossi strappa il foglio dalle mani. Trema un po'. Domanda:

– Come sta?

Sarti Antonio, sergente, vorrebbe parlare, ma Rosas lo previene:

– Sta bene. Dice di salutarti e di fidarti di questo tipo.

A Sarti Antonio, sergente, la cosa torna nuova. Ha capito che quel tipo e Antonietta si vogliono bene sul serio. Ma allora, perché cazzo è andata a letto con lui? Si chiarirà piú tardi. Adesso ci sono i quattro. Chiede:

– Allora? – Gastone Grossi si stringe nel cappotto e comincia:

– Non c'è molto da dire. Siamo scappati per via dell'Unione e ci siamo infilati nella prima porta aperta che abbiamo trovato. Dentro c'era la vecchia, seduta in poltrona, morta. Tutto qui.

– E perché non avete avvertito la... – Andrea de' Cerchi è molto piú cattivo degli altri: è un marchese.

– Pensi che i tuoi soci ci avrebbero creduto?

– Non vedo perché non avrebbero dovuto –. De' Cerchi va vicino al sergente, proprio sotto il naso:

– O sei scemo o vuoi farci scemi!

In effetti, neppure Sarti Antonio riesce a credere che Raimondi Cesare, ispettore capo, non li avrebbe accusati immediatamente di assassinio, senza stare a pensarci due volte. Gastone Grossi riprende:

– Abbiamo aspettato che le acque si calmassero, che la polizia sgomberasse e siamo usciti. Solo che, là dentro, avevamo lasciato le nostre impronte un po' dappertutto e non ci avreste messo molto a trovarci. Cosí abbiamo pensato bene di sparire per un po' –. Cerca di fare il sarcastico ma, sarà la febbre o il freddo, non so, mi sembra che non ci riesca molto bene. Infatti dice:

– Perché immagino che le nostre impronte le avrete in Questura, no? – Sarti Antonio, sergente, non raccoglie. Domanda:

– Ma chi... Come avete fatto a entrare qui dentro?

– Ho la chiave e sapevo di questa cripta perché faccio parte del Gruppo che ha trasformato la chiesa in teatro...

Ci sono ancora un paio di cose da chiarire e Sarti Antonio, sergente, vuole che siano chiarite. Chiede:

– E per mangiare? E il biglietto ad Antonietta? E l'assegno che Andrea de' Cerchi ha ritirato alla banca?

– Il mangiare ce lo portano i fedayn... – Sarti crede di non aver capito bene, per cui dice:

– Prego?

– Un gruppo di studenti palestinesi che hanno stabilito la loro sede qui dentro. Quelli non parlano e a nessuno verrebbe in mente di interrogarli. Ed è stato uno di loro a portare il biglietto nella cassetta della posta di Antonietta...

È tutto chiaro? Sarti aspetta solo il discorso del marchese, che arriva:

– Io non ho ritirato nessun assegno. Nessuno di noi è piú uscito di qui, da allora.

Questo sarà un fatto da chiarire con Raimondi Cesare, ispettore capo, e magari con il direttore della banca.

Quando se ne vanno, Sarti Antonio, sergente, dimentica il cappotto sulle spalle di Gastone Grossi. O glielo lascia: non lo so e non glielo chiedo.

Fuori, dice a Rosas:

– Quel povero cristo ha la febbre alta. Se restano in quella cripta ancora per molto tempo, ci lascia la pelle –. Rosas smette per un attimo di fischiettare:

– Fa' presto a scoprire l'assassino e loro usciranno alla luce del sole!

– Perché non ci provi tu?

– E perché no?

10. Ricominciare...

...significa ripartire dalla notte del delitto, e non è facile. Non è facile dimenticare che i quattro si sono chiusi nell'ex casino (casa di tolleranza), che non hanno denunciato l'omicidio e che, dopo, si sono nascosti come delinquenti...

Non è facile dimenticare il tiepido corpo di Antonietta Carioli, gli occhi pieni di febbre del suo ragazzo...

Sarti Antonio va ad aspettare Antonietta all'uscita dell'università e le si mette al fianco. Le dice:

– L'ho visto!

– E non l'hai arrestato?

– No! Ma non andarlo a raccontare in giro.

– Come sta?

– È malato: ha la febbre. Gli ho lasciato il mio cappotto... – e se lo trovano e scoprono che è suo, non so come la metterà... Antonietta gli passa una mano sotto il braccio e si stringe a lui come una sera, qualche tempo fa.

– Grazie, sei un amico.

– No! Provo solo a credere a quello che mi raccontano, ma non ci riesco.

Lei gli trema al fianco fino alle due torri, senza parlare: ha sulla pelle il profumo che ha sentito quella notte e che gli è rimasto sulle mani per giorni interi, dopo. Se non fosse che lui è un sergente, se la stringerebbe vicino e magari le proporrebbe di accompagnarlo a casa sua. Né lui né lei hanno niente da dirsi. Sarti Antonio, sergente, pensa che è ora di salutare:

– Ciao.

– Dove vai?

– Non lo so...

– Posso fare qualcosa anch'io? – Sarebbe il momento di dirle che può fare qualcosa per lui. Ma si limita ad annuire e a guardarla negli occhi.

– Cosa?

– Telefonami, se hai voglia di stare insieme a qualcuno... – Antonietta gli sorride:

– Sí.

– È un bel ragazzo! – Vorrebbe aggiungere: «Ma non capisco perché sei venuta con me, l'altra sera...» Non lo fa perché ha paura di sentirla rispondere: «Perché non volevo che tu arrestassi Gastone Grossi». Le donne certe cose le capiscono al volo: sono molto, molto piú intelligenti degli uomini. Infatti Antonietta dice:

– Mi... mi sei piaciuto subito: non è strano che io e te... Mi sei piaciuto subito.

– E lui? Cosa dirà?

– Non è importante, ci vogliamo molto bene.

Sarti Antonio non ci capisce piú niente. Se ne va:

– Anch'io ti voglio molto bene –. Ma è già lontano e lei non l'avrà sentito. Si volta e vede che lo sta ancora guardando. È lei che gli fa cenno con la mano: gli telefonerà. E sorride. È bella! Una gran bella ragazza, e vi dico che Sarti Antonio, sergente, è partito. Se ve lo dico è perché lo conosco. Un tipo, quell'Antonietta Carioli, che piacerebbe anche a me e anche a voi. Ne sono certo.

Se la lascia dietro, ma se la porta con sé: voglio

dire che lei va per i fatti suoi, ma Sarti Antonio, sergente, se la porta addosso, profumo, forma e tutto, fino a via Irnerio 27, dove trova Angela Scampini, seduta a tavola con Vincenzo Letizia, suo legittimo sposo; bevono il caffè. Gli usano anche la cortesia di chiedergli se ne vuole una tazza. Mentre la beve, Sarti chiede:

– Potrei dare un'occhiata alla camera della signora?

– Certo, nessuno l'ha piú toccata da allora!

Lo accompagnano e, mentre fruga qua e là con gli occhi, Vincenzo Letizia gli domanda:

– Novità?

– Nessuna.

– I quattro? – Sarti Antonio, sergente, fa un gesto vago, con le mani.

La signora Imelde non aveva granché da nascondere ai parenti e lui ha un bel cercare...

La passione dell'ex tenutaria di casino dovevano essere le canzoni: quelle d'amore. Sul comodino infatti c'è una pila di musicassette con tutti i nomi piú in vista della canzone italiana, che io non conosco o non ricordo, ma tanto oggi ci sono e domani non se ne parla piú. Un mangianastri per l'ascolto: ci vuole, se no, con che cosa li passa i nastri?

Sarti Antonio, sergente, già che c'è, dà un'occhiata per vedere se ci trova il nastro che doveva stare nel contenitore rinvenuto, vuoto, a terra, vicino al cadavere: *Le piú belle canzoni d'amore di Andrea Pappalardo*, per intenderci. Niente: ogni nastro ha il suo contenitore. Regolare!

Poi le solite cose: qualche gioiello (vero o falso) calze, sottovesti, intimità varie, fotografie, ninnoli di mezzo secolo fa, romanzi rosa, cartoline di buon Natale dall'Africa orientale italiana, vecchi giornali. Uno, di qualche secolo fa, riporta in prima pagina la notizia dell'approvazione della legge Merlin (per la chiusura delle case chiuse) da parte del Parlamento della Repubblica italiana.

Una cartolina d'invito del Comune di Bologna, Ufficio tecnico, completa di francobollo e in data piuttosto recente. Per l'esattezza una settimana prima che la vecchia tirasse le cuoia. Dice:

> La S. V. è pregata di presentarsi in questo Ufficio nei giorni di martedí o venerdí dalle ore 11 alle 13 per informazioni in merito alla pratica n°... Il Tecnico incaricato: geom. Polacchi Franco.

Puntata con uno spillo alla cartolina che vi ho detto, c'è una piantina della città: quelle piantine in scala 1 a 2000 che usano i tecnici e dove sono segnate le strade, i fabbricati, le zone verdi e via dicendo. Sarti Antonio dà un'occhiata, si vede proprio via dell'Unione e tutto il centro storico pieno di simboli: righe, colori, quadrettature eccetera...

Chiede:

– Di che si tratta?

Vincenzo Letizia rigira il cartoncino tra le mani. Dice:

– Non credo che sia importante: manca anche il numero della pratica. Forse volevano qualche informazione... – E lo rimette sul comodino, assieme alla piantina.

Un libretto di risparmio: quattro giorni prima di essere uccisa, la signora Imelde Scampini ha ritirato cinquecentottantamila lire.

Il sergente domanda:

– Le aveva nella borsetta?

Questa volta è Angela, la figlia, che gli risponde:

– Non lo so. Non sapevo neppure che le avesse ritirate. Gliel'ho detto, sergente, non ho piú messo piede qui dentro.

– Non avete trovato soldi, in giro?

– No! – È un no piuttosto secco, deciso.

– Non è che la signora avesse... avesse qualche persona alla quale si fosse affezionata? Voglio dire...

– Ma sergente, mia madre aveva ottant'anni!

– Non significa niente: io devo indagare in tutte le direzioni, cercate di capirmi...

Angela Scampini cerca di capirlo ma si mette a piangere lo stesso:

– Mi scusi. Ecco, non credo che la mamma... – e va a farsi proteggere dalle braccia dell'architetto.

Sarti Antonio, sergente, non ha piú niente da vedere e decide di togliere il disturbo. Dice:

– La signora doveva voler molto bene a quel... a quella casa –. E mostra il giornale di qualche secolo fa.

– Sí. Quando li chiusero, si ammalò. Ci aveva passato la vita là dentro.

Prima di uscire gli viene in mente un'altra cosetta:

– Cosa mi dite del martello che è servito per... – Non finisce perché Angela Scampini ricomincia a piangere forte e balbetta:

– Ecco... ecco... serviva alla mamma per... per chiudersi dentro quando andava là!

Sarti Antonio, sergente, non ha capito bene e probabilmente dalla faccia si vede. Infatti l'architetto Vincenzo Letizia gli chiarisce le cose:

– Sa, la porta non aveva la serratura a scatto, ma un vecchio catenaccio arrugginito. E lei, la mamma, usava il martello per chiudersi dentro col catenaccio...

– Ho capito. Ultima cosa: non ha mai pensato di vendere?

Questa è materia dell'architetto:

– Io gliel'ho ripetuto mille volte, ma lei, niente. Diceva che era troppo affezionata, che là dentro aveva passato la parte piú bella della sua vita... Recentemente mi aveva anche detto: «Non vendo, non vendo proprio. Non si sa mai. Ho certi progetti per la testa...» Pensi un po' che razza di discorsi: non si sa mai! Come se dovessero riaprirli. Se avesse ascoltato i miei consigli avrebbe trasformato quel casino in un alloggio per studenti. A cento metri dall'università, tutte camerette indipendenti... C'era da far fortuna!

– Adesso potete farla. Non c'è piú la vecchia signora che l'impedisce, no? – Sarti Antonio se ne va. L'architetto Vincenzo Letizia ha l'impressione di aver parlato troppo. E non ha torto.

Potrebbe anche essere un'idea. Si tratta di andare a vedere un po' nella vita di questo Vincenzo Letizia, architetto. Si tratta di andare a vedere dove sono finite le cinquecentottantamila lire. È probabile che fossero nella borsetta e che siano finite nelle tasche del martellatore. O in quelle dei quattro...

Ma adesso, il primo da scrivere nella lista è Vincenzo Letizia, architetto. E magari anche la bionda, piagnucolosa Angela «ecco» Scampini.

Poi è necessario andare a fondo nella storia dell'assegno mensile di Andrea de' Cerchi, ritirato alla banca non si sa da chi...

Gli chiarisce le idee il direttore della banca.

– Come ho già avuto occasione di assicurare all'ispettore capo Raimondi, sarà mia cura avvertire la polizia non appena il marchesino si presenterà a incassare l'assegno. È comunque un piacere personale che farò al signor ispettore capo: lei sa che i marchesi de' Cerchi sono nostri clienti ormai da generazioni...

– Come no? So, so...

E Sarti Antonio va nell'ufficio dell'ispettore capo Raimondi Cesare.

– Cos'è questa storia che hanno ritirato l'assegno?

– Sei stato alla banca?

– Ci sono stato...

– Non ti fidi di quello che dico?

Non può raccontargli che è stato Andrea de' Cerchi in persona a dirgli di non aver incassato l'assegno. Per cui risponde con un chiaro:

– No!

– Non importa. Importa invece che tu lasci in pace il marchese Fioravante de' Cerchi. Il tuo compito, è vero, come si dice, è quello di trovare quei quattro. E dai risultati mi sembra che tu sia ancora molto lontano. In ogni caso, è vero, come si dice, il direttore della banca mi avvertirà... E adesso, sergente Sarti Antonio, mi parli delle indagini che le ho affidato!

Sarti non ha molto da dire. Anzi, proprio niente. Perché è chiaro che non può snocciolargli tutta la storia; cosí alza le spalle, incassa la testa e borbotta:

– Li sto cercando. Li sto cercando e li troverò.

– Molto bene. Molto bene: quattro individui non scompaiono senza lasciare traccia.

– È anche la mia opinione.

È sulla porta e Raimondi Cesare, ispettore capo, gli ripete ancora:

– E lascia in pace il marchese Fioravante de' Cerchi: fa' come ti dico io!

Lui fa segno di sí col capo.

A casa, chiuso nel bagno giunge alla conclusione di aver commesso parecchi errori. Il piú grosso: non aver fatto arrestare i quattro chiusi nella cripta. Un altro: aver dato ascolto a Rosas. Un altro: aver lasciato il cappotto a Gastone Grossi. Un altro: non aver raccontato tutto all'ispettore Raimondi Cesare. Un altro: aver raccontato ad Antonietta Carioli del suo incontro coi quattro. Un altro: essersi scoperto con il marchese Fioravante de' Cerchi. Un altro: essersi arruolato nella polizia...

Ma non c'è piú niente da fare: deve andare avanti per conto suo, tenersi i suoi errori e cercare una via d'uscita.

E inoltre, non c'è piú niente da fare: è un sentimentale e io ho un bel dirglielo.

E ancora, non c'è piú niente da fare: occorre trovare un altro colpevole a tutti i costi, se non vuol rischiare di essere invischiato in un ginepraio da sant'uffizio.

E infine non c'è piú niente da fare: deve solo fidarsi di Rosas, dei quattro, di Antonietta Carioli... Per quest'ultima, non fa sforzi: si fida!

11. Le prostitute servono sempre...

...infatti Rosas gli telefona e gli dice:
– C'è qui una ragazza che desidera parlarti.
– Per cosa?
– Per Imelde Scampini.
– È domenica e io sono di riposo. Dille di andare domani dall'ispettore capo Raimondi Cesare... – L'altro lo interrompe:
– Non fare il coglione: ti aspetto! – E riattacca. Sarti Antonio, sergente, mi guarda e scuote il capo:
– È domenica: vadano a farsi fottere tutti!
Gli dico che non è il caso e che può essere importante e che Rosas non lo scomoderebbe se non per gravi motivi e che deve darsi da fare se vuole venirne fuori pulito e che... Manda anche me dove ha mandato gli altri e scende. Prende l'ottoecinquanta.
– Chi mi rimborsa la benzina? Con quello che costa. E gli straordinari? Sai quanto li pagano? Ottocento lire l'ora, uno schifo! Però non devo superare le trenta ore mensili; io supero le cento. Le settanta che restano, chi me le paga?
Brontola fino a via Santa Caterina.
Seduto, in casa di Rosas, c'è un donnone grosso che dice:
– Salve, sergente... – Sarti Antonio non sa il

suo nome, ma sa che è una prostituta che batte la zona di San Vitale, centro storico: ha molto lavoro perché quello è il ghetto dei sudisti. Le autorità cittadine non vogliono che si dica che il centro storico è diventato un ghetto, ma non vedo come lo si possa chiamare...

Adesso ve lo racconto: il primo uomo del Sud è arrivato tanti anni fa e ha trovato un buco di casa in San Vitale. Da quel giorno sono arrivati a migliaia e si sono sistemati dove gli abitanti del luogo già stavano stretti. Hanno messo casa nei solai, nelle cantine, nei magazzini, nei retrobottega, nei sottoscala, nei gabinetti e sono pronti a noleggiare la loro mano d'opera sottocosto. Ma siccome non tutti trovano da noleggiare le braccia, li potete vedere di giorno e di notte mettere su casa sotto i portici ad aspettare il messia. E cantano. Nei bar. Ci scappa anche qualche coltellata: basta leggere il giornale.

Il lavoro che rende di piú è lo sfruttamento di battone; lo fanno perché è comodo, non è faticoso, è un lavoro che non va mai in crisi e, soprattutto, a nessuno è mai venuto in mente di tassarlo o stabilire un'*una tantum*.

Non voglio fare del razzismo. Chiamo le cose con il loro nome e dico ghetto perché è un ghetto.

Molti riescono anche a fare il muratore, il manovale o qualche altro mestiere: sono quelli che poi mantengono gli altri che non lavorano. E le puttane prosperano.

Quella che ha detto «Salve, sergente» è grossa. È grossa e mi ricorda la sorella di un mio amico che voi però non conoscete e non potete sapere quanto sia grossa.

– Allora?

Rosas spiega:

– Ha visto qualcuno uscire dalla porta di via dell'Unione, poco prima che succedesse il casino con la polizia... – Sarti Antonio, sergente, non lo fa finire.

– Chi ha visto? – La donna parla con un accento napoletano che mi piace tanto. Dice:

– Eh, questo, caro sergente, non lo so proprio. Non conosco tutti: sto da poco in questa bella città...

– Raccontagli le cose da principio.

– Volentieri: passavo di lí...

– Passavi di lí?

– Sergente, è proibito passare di lí? – Sarti Antonio, sergente, non sopporta che non si chiamino le cose con il loro nome. Specifica:

– Stavi aspettando clienti! E di' le cose come sono, Cristo!

– E va bene: stavo aspettando clienti. Comunque, stavo lí e ho visto un giovane... Bello, sergente, proprio bello! Magro e alto. Aveva gli occhiali. A me piacciono quelli con gli occhiali: mi sembrano... Come si dice? Mi sembrano...

– Intellettuali?

– Ecco, sí. Intellettuali. È uscito da quella porta e se l'è chiusa alle spalle. Gli ho detto: «Giovanotto, volete un po' di compagnia?» Lui mi ha sorriso e ha detto di no con la testa. Proprio cosí, sergente: mi ha sorriso. Dolce come avrebbe sorriso alla sua ragazza. Un bel sorriso dolce... – Sarti Antonio, sergente, comincia a gasarsi.

– Senti, serve il suo nome: cerca di stringere.

– Non lo so! Però lo vedo spesso da quelle parti: quasi tutte le sere. Al bar: prende un cappuccino e una pastina proprio quando io scendo per andare a lavorare... Sergente, quello non può essere un assassino! Con un sorriso cosí dolce, non può...

Sarti Antonio taglia corto:

– Questa sera me lo indichi. Dove ti trovo?

– Al solito posto, sergente. Alle dieci.

Per far venire le dieci di sera c'è una sola cosa da fare: andare al *Gianni Falchi*, al baseball. Devo aver già detto, da qualche parte, che Sarti Antonio, sergente, è un appassionato di baseball. Non so cosa ci trovi: è un gioco troppo complicato per me; però permette di pensare.

È un gioco d'intelligenza, dicono. Una sfida fra chi lancia e chi deve battere: quasi fra Raimondi Cesare, ispettore capo, e Sarti Antonio, sergente. E chi ha piú testa la spunta sull'altro; anche se l'avversario ha due spalle e due braccia cosí.

Dicevo che il baseball permette di pensare e Sarti Antonio, sergente, ha tempo di ricordare che il marito di Angela Scampini, Vincenzo Letizia, architetto, porta gli occhiali ed è magro. Anche se non è proprio bello bello.

Alle dieci di sera s'incontra con la battona in via dell'Unione: se gli indicherà Vincenzo Letizia, Sarti Antonio, sergente, non ne sarà molto sorpreso. Ma non è cosí.

La cicciona gli indica il suo «intellettuale» attraverso la vetrina del bar pasticceria *Squaiella*, ma lei resta fuori. Sarti Antonio, sergente, entra e gli mette una mano sulla spalla (mentre quello sta rimestando il cappuccino) proprio come farebbe un poliziotto serio. Gli dice:

– Vuole venire con me?

– Perché?

È un tipo pallido, capelli corti, magro e alto. A pensarci bene ha l'aria dell'intellettuale e può persino sembrare bello. Non è il mio tipo comunque. Ha chiesto «perché» sorridendo. Per questo (perché è educato) Sarti Antonio, sergente, ritiene giusto fargli vedere la tessera:

– Alcune domande –. L'altro sorride ancora, un sorriso delicato che viene dagli occhi e gli chiede:

– Posso finire? Non ho mangiato... – Il sergente fa di sí con la testa e lo aspetta. Fuori, la prostituta cicciona se n'è andata: non vuole farsi vedere quando usciranno.

In Questura non c'è ormai quasi nessuno e Sarti può portarsi il giovanotto nell'ufficio (vuoto) di Raimondi Cesare, ispettore capo, e gli chiede, senza tanti giri di parole:

– Conoscevi Imelde Scampini? – E senza tanti giri di parole quello risponde:

– La conoscevo. Sí, è morta –. Non era questa la risposta che Sarti Antonio, sergente, si era preparato ad ascoltare, per cui adesso ha bisogno di un attimo di riflessione. Ricomincia:

– Quando l'hai vista l'ultima volta?

– La sera in cui l'hanno ammazzata, – risponde l'altro, gentile, sempre sorridendo con gli occhi, come se quello che va dicendo fosse la cosa piú naturale del mondo. Sarti Antonio, sergente, visto il tipo, non si stupirebbe se, alla domanda che sta per fargli, quello rispondesse: «Sí!»

– L'hai uccisa tu?

– Vuole scherzare? Perché avrei dovuto ucciderla?

– Devi dirmelo tu –. Silenzio. E Sarti Antonio, sergente, deve ricominciare:

– Com'è che sei stato da lei quella notte? Come sapevi che era là? Cosa volevi? Perché l'hai uccisa? – Poi gli viene in mente che non sa ancora la cosa piú importante. – Come ti chiami? Hai un documento? – Questa è la prima cosa che un poliziotto che si rispetti dovrebbe fare: chiedere i documenti. Evidentemente Sarti Antonio, sergente, non è un poliziotto che si rispetti; ma non c'è nessuno che glielo possa contestare dal momento che sono solo loro due. Quello fruga nel borsetto che tiene appeso al collo e gli mostra la patente:

Cognome: Macchiavelli; nome: Loriano; data e luogo di nascita: dodici-tre-millenovecentoepassa, Vergato-Bologna; residente: San Lazzaro di Savena, Bianchina 10.

– Bene. Adesso spiegami tutto –. Il sergente si appoggia allo schienale come ha visto fare tante volte a Raimondi Cesare, ispettore capo, e aspetta a occhi chiusi. L'altro non sembra molto preoccupato. Dice:

– Sapevo che sareste arrivati, prima o poi.

– E allora perché non sei venuto tu da noi, prima?

– Non avevo niente da dire –. È un tipo che parla sottovoce e non si scalda: un tipo che avrebbe potuto tranquillamente prendere a martellate la cara, dolce vecchietta senza scomporsi. E Sarti Antonio, sergente, comincia anche a farci un pensierino. Solo che quando lo guarda negli occhi cambia idea. Ma questo non significa niente. Lo ascolta attento:

– Sono entrato dalla signora Imelde perché ho visto aperto. Mi è sembrato strano: lei, di solito, veniva di pomeriggio. L'ho incontrata molte volte di pomeriggio... Mi ha fatto anche visitare tutte le camere. Cominciava dall'ultimo piano e apriva le finestre; poi risaliva, spolverava qua e là e se ne andava. Tutti i pomeriggi. Trovare aperto di sera mi ha meravigliato. Era seduta in poltrona e mi è sembrato che aspettasse qualcuno perché quando mi ha sentito ha domandato: «È lei?» Non ci vedeva molto: riconosceva la gente dalla voce. Ho detto che ero io e mi è sembrata delusa e anche scocciata. Le ho chiesto perché tenesse la porta aperta e non avesse chiuso col catenaccio, come faceva di solito, ma non mi ha risposto. Ha detto: «Lasci pure aperto. Buonanotte!» Le ho chiesto per la camera e mi ha risposto che non era il momento, che aveva da fare e che me ne andassi.

Pare che non abbia nient'altro da raccontare. Sarti Antonio, sergente, domanda:

– Come mai la conoscevi?

– Mi avevano detto che si era decisa ad affittare le camere e mi ero presentato per questo. Solo che non ricordava mai le cose e ogni volta dovevo rifare la storia: chi ero, cosa volevo, chi mi mandava, che mestiere facevo... Alla fine rispondeva invariabilmente che non aveva ancora deciso e che ripassassi la settimana dopo.

– Che mestiere fai? – Quello ci pensa un po'. Dice:

– Scrivo. Scrivo per il teatro ma non interessa nessuno.

– E ci vivi?

– No! Non interessa nessuno. Scrivo anche dei gialli...

Benissimo! Questo scrive gialli.

– E ci vivi?

– Sí. Interessano.

Sarti Antonio, sergente, resta un po' a pensare, poi decide; decide anche perché sono già le undici e mezzo. Di notte. Dice:

– Non mi sembri molto normale. Ti dispiace se

ti accompagno in cella e ti ci lascio fino a quando non abbiamo accertato un paio di cosette che ti riguardano?

La risposta viene, chiara, distinta e rafforza in Sarti Antonio, sergente, l'idea che quel tipo non ha tutte le rotelle.

– No. Non mi dispiace, fate pure. Solo vorrei avvertire Franca che non stia in pensiero.

– Chi è?

– Franca? Una. Posso telefonare?

Sarti Antonio, sergente, spinge verso di lui il telefono del capo. Quello fa il numero (che Sarti si segna in testa) e intanto dice:

– Sarà difficile che troviate qualcuno disposto a dirvi che io non c'entro. Sarà altrettanto difficile trovare qualcuno disposto a giurare che l'ho uccisa io.

Decisamente al tipo manca qualche venerdí. Sarti Antonio dovrà lavorarci sopra parecchio. Dichiara:

– Basterà il fatto che sei stato là dentro la sera che l'hanno uccisa e che, dopo di te, nessuno l'ha piú vista viva.

– Tranne quello che l'ha ammazzata. Dovrete spiegare anche perché l'avrei fatto e sarà difficile trovare un motivo che regga... Pronto? Ciao, sono io. Questa sera non torno: mi mettono dentro. Non lo so. Vuole vedere... Vuole cercare qualcosa... Sta' tranquilla. Ciao –. Riattacca. Dev'essere una casa di matti: lui telefona e dice «Mi mettono dentro» e lei non si precipita in Questura a vedere cos'è successo. Magari va a letto e dorme. Una casa di matti!

Sarti Antonio, sergente, riprende il discorso da dove l'ha interrotto:

– Lo troverò un motivo che regga, sta' sicuro. Se c'è, io lo troverò! – E si alza. Si alza anche quel tipo di scrittore. Dice:

– Voglio proprio vedere... Voglio proprio vedere.

L'ha fatto incazzare e Sarti lo spinge fuori dall'ufficio di Raimondi Cesare. Deve fare presto a chiuderlo in una cella perché già da qualche minuto i morsi della colite... La solita storia, insomma, come sempre, quando si arrabbia.

Dopo, si chiude nel gabinetto della Questura; ma è scomodo, sporco, fetente e c'è solo carta di giornale...

Gabinetto reazionario, oltretutto.

12. Tanto per fare un riepilogo

Forse lo ricordate meglio voi, le cose stanno a questo punto: ci sono quattro individui ricercati dalla Questura perché accusati di aver preso a martellate in testa la cara, dolce vecchietta. I quattro (e con Rosas fanno cinque) sostengono di non saperne niente. Argomenti che dimostrano la loro innocenza ce ne sono e li abbiamo visti. Argomenti che dimostrano la loro colpa ce ne sono e li abbiamo visti.

In teoria il discorso potrebbe già essere chiuso: basterebbe che Sarti Antonio, sergente, si presentasse al *Sanleonardo* con un paio di agenti, bussasse alla cripta e dicesse: «In nome della Repubblica, della legge e del popolo, io vi dichiaro in arresto». Ma ha la maledetta mania di ascoltare Rosas e, anche se fa fatica – molta – a credere che i quattro non c'entrino, cerca di convincersi. E di convincere me e voi...

Allora, se non sono stati i quattro, è stato quel tipo di scrittore di gialli...

A meno che non siano stati l'architetto Vincenzo Letizia e consorte...

A meno che non sia stato qualcun altro che ancora non si è visto in giro...

A meno che...

Per Vincenzo Letizia e consorte potrebbe anche esserci il movente: avere, finalmente, la disponibilità dell'ex casino e ricavarci un pozzo di soldi, visto che quel fabbricato nel centro storico è una specie di miniera d'oro. A sentire i competenti, almeno...

Per lo scrittore di gialli il problema è piú complicato; ma c'è una battona che l'ha visto uscire... Si tratterebbe di vedere se le cinquecentottantamila lire sono finite sul suo conto in banca. Sempre che abbia un conto in banca.

Sarti Antonio, sergente, decide di andare a trovare Vincenzo Letizia nel suo studio.

Suona dove c'è un cartello: «Vincenzo Letizia, architetto-pittore-scultore».

– Chi è?

– Sarti Antonio –. Letizia gli apre: un sottotetto (sempre nel centro storico) che non ha piú niente del sottotetto. È una reggia: tappeti dappertutto che ti viene voglia di toglierti le scarpe: le travi del tetto colorate in rosso, in verde; luce diffusa che non si capisce bene da che parte arrivi; una temperatura dolce che ti potresti spogliare senza correre il rischio di prendere il raffreddore... Poi, quadri e sculture dappertutto. Non ci si capisce una madonna, ma ce ne sono in tutti i buchi!

L'architetto accoglie Sarti sorridente, cordiale e gli dice:

– Come mai da queste parti, sergente?

– Vorrei costruirmi una villa.

– Sono ai suoi ordini –. E si mette a ridere come un matto. Ride che gli vengono le lacrime agli occhi. Che un questurino venga a chiedere il progetto di una villa, evidentemente, lo diverte molto.

Mentre l'archipittoscultore si asciuga il pianto sotto gli occhiali, Sarti Antonio, sergente, dà ancora un'occhiata ai quadri e alle sculture.

– Cosa ne dice? – Sarti Antonio non ne dice niente e alza le spalle: la soffitta è un labirinto, non sa piú da che parte sia la porta d'ingresso.

– Vorrei che lei fosse sincero.

– Sempre: soprattutto con la polizia –. E giú di nuovo a ridere come un matto.

– Voglio sapere se lei era al corrente che la signora Imelde Scampini, defunta, aveva una relazione con un ragazzo.

L'architetto smette di ridere immediatamente:

– Non è possibile! Aveva ottant'anni!

– Non vuol dire. Lei ne sapeva niente?

– Niente! Mi pare impossibile...

– E la figlia?

– Non glielo dica: la ucciderebbe!

– Non ho capito. Chi ucciderebbe? La madre?

– Dico che una notizia simile farebbe molto male alla mia Angela –. Adesso parla sottovoce, come se non volesse farsi sentire in giro.

– Io non ho detto che sicuramente aveva un amante...

– Allora?

– Cerco di scoprire dove possono essere finite le cinquecentottantamila lire che la defunta aveva ritirato dal suo libretto prima di... Che le abbia date a un uomo, mi pare la deduzione piú logica; e ci sarebbe anche un tipo che pare fatto su misura e che si trovava spesso con la vecchia signora... Altre soluzioni non ne vedo, dal momento che nessuno sa dirmi dove possono essere finiti quei soldi. Cinquecentottantamila lire non servono per la spesa... O servono?

Una mezza idea di dove possono essere finite le cinquecentottantamila, Sarti Antonio, sergente, l'avrebbe. S'informa:

– Da quanto tempo ha questo studio?

– Ho finito di arredarlo pochi mesi fa.

– Ha finito anche di pagarlo? – È la seconda volta che Sarti Antonio, sergente, dice al Letizia delle cose che non dovrebbe dire. Perciò l'architetto scultore gli risponde male:

– Sono affari miei, non la riguardano!

– Chissà...

L'idea gli è venuta quando ha visto quella specie di reggia e adesso val la pena di andare a fondo. Chiede:

– Ha molto lavoro, architetto? – Quello fa un cenno con la mano. Vago.

– E quelle cose lí? – Indica i quadri e le sculture sparse per terra e continua: – Quelle cose lí rendono bene?

– Chieda in giro. Si informi: è il suo mestiere, no?

– Lo farò, lo farò. Avrebbe potuto risparmiarmi un po' di fatica.

– Neppure se mi paga! – Il signor architetto è diventato proprio cattivo.

L'incontro è stato utile: Sarti Antonio, sergente, saluta e si avvia all'uscita. Solo che prende la strada sbagliata, in quel labirinto, e apre una porta che non avrebbe dovuto aprire. Alle donne nude è ormai abituato: ne vede un po' dappertutto. Ma quella che trova oltre la porta sbagliata gli fa una certa impressione. È grassottella, pienotta, non molto alta, ha due seni mostruosi e se ne sta seduta su una poltrona a leggere il giornale. Non si scomoda: alza gli occhi dal foglio, sorride e dice:

– Buongiorno –. Semplicemente.

A Sarti Antonio, sergente, non resta che scusarsi:

– Dolentissimo! – e richiude la porta.

Letizia Vincenzo è bianco come un foglio di carta. Balbetta:

– Lei... lei... Ah, ma non finisce qui! Andrò a fondo in questa storia! Lei... lei... non può entrare in casa mia e fare i comodi suoi! Lei... lei...

– Ho suonato e lei mi ha fatto entrare. Tutto qui. Adesso le chiedo scusa e lei mi deve scusare.

– Io non scuso niente: lo ha fatto di proposito! I suoi superiori...

Sarti Antonio, sergente, taglia corto:

– E sua moglie, la gentile signora Angela Scampini in Letizia, è informata di quella scultura che sta di là a leggere il giornale? – Se prima era bianco come un foglio di carta da lettere, adesso l'architetto è giallo come la carta da pacco.

– Mi accompagni all'uscita, prima che mi capiti di aprire qualche altra porta e magari ci trovi un signore nudo che fuma la pipa seduto sul bidet. Grazie!

Letizia lo accompagna, senza fiatare, verso l'uscita. L'aria fresca della strada aiuta Sarti Antonio a respirare meglio. Ha l'impressione di avere messo il dito sulla piaga e all'Ufficio tecnico del Comune glielo confermano.

Gli dice un impiegato in camice bianco che pare un medico di servizio in una corsia d'ospedale:

– No, signore. L'architetto Vincenzo Letizia non ha presentato progetti per le approvazioni regolamentari. No, signore: non sarebbe possibile costruire senza progetti depositati. Sí, signore: ogni pratica per costruzioni, restauri, manutenzioni, arredamenti eccetera, deve essere sottoposto all'esame dei tecnici preposti e al parere della relativa Commissione consultiva edilizia. Sí, signore, l'architetto Letizia Vincenzo è regolarmente iscritto nell'albo professionale. Buongiorno, signore.

Sarti si sfoglia tutto il Bolaffi per vedere le quotazioni dei quadri del pittore Vincenzo Letizia, ma non trova neppure il nome.

Come diavolo quel brav'uomo faccia a spendere tutti quei soldi nell'arredamento di una soffitta-studio, come faccia anche solo a campare, comincia a diventare un problema serio. Ma con un po' di pazienza, si può venirne a capo.

Di corsa (è un giorno importante e deve far presto), Sarti va a trovare la signora Angela Scampini in Letizia. La trova che sta piangendo, come al solito.

– Deve rassegnarsi, signora. Non c'è piú niente da fare...

– Lo so! Ma sembra tutto cosí... ecco, cosí assurdo!

Il sergente viene subito al punto:

– Lei ricorda se suo marito, la sera in cui successe il fatto, era a casa con lei?

Quella tira su con il naso, prima di rispondere. Poi dice senza pensare:

– No, non era con me: per questo ho aspettato ad andare a cercare la mamma. Ho aspettato che tornasse mio marito perché, ecco, magari, la mamma gli aveva detto che sarebbe uscita...

– E quando è tornato suo marito?

– Ecco, mi pare che fossero le due...

– E non gli aveva detto niente? La mamma... Voglio dire: non aveva detto all'architetto che sarebbe uscita?

– No! Ed è stato da allora che ho cominciato a preoccuparmi sul serio...

– E suo marito dov'era stato fino alle due di notte?

– Ecco, credo... Non lo so! – Adesso le viene in mente qualcosa. Come se qualcuno le avesse aperto un sipario davanti al naso.

– Perché vuol sapere queste cose di mio marito?

Sarti Antonio, sergente, non le risponde e quella ricomincia a piangere. Piú forte:

– Non vorrà dire... Non crederà che Vincenzo... Non penserà che...

– Niente, niente. Stia tranquilla: sto solo cercando di far quadrare i fatti. Avrei potuto chiederle di lei, di suo fratello, di qualche parente... Andava d'accordo l'architetto con la signora? Non ha mai... Non discutevano mai, non so, per questioni economiche...

– Mio marito lavora molto: rientra sempre tardissimo la sera... Ecco: tutto qui! Lavora al suo studio... Doveva finire l'arredamento e rimaneva fino a tardi... Ecco...

– E i soldi per lo studio, glieli ha dati lei?

– Io non ho soldi! Li aveva la mamma e lo studio è ancora da pagare...

Altro sipario sollevato e altro pianto straziante.

Sarti lascia la signora sulla porta a piangere e corre (ancora) allo studio di Vincenzo Letizia. È una giornata piena e Sarti Antonio, sergente, ha l'impressione di essere vicino alla soluzione. Anch'io, se pure non c'entro. Suona:

– Chi è?

– Sarti Antonio.

L'architetto gli apre ma non lo fa passare. Dice:

– Se lei vuole entrare, deve mostrarmi il mandato...

– Non voglio entrare. Voglio sapere dov'era la sera del delitto.

– Non lo so. Non ricordo...

– Non è passato un secolo: deve ricordare!

– Ero qui! Ero qui a lavorare!

– A che ora è tornato a casa?

– Non ricordo. Alle due di notte, mi pare...

– Bravo: le pare! Naturalmente nessuno può testimoniare che lei era qui a lavorare...

Stavolta il Vincenzo Letizia gli sorride: è sicuro di sé. Dice:

– Qualcuno c'era qui, sergente.

– E chi?

– Glielo dirò quando sarà il momento –. Dietro l'architetto appare la donna del giornale. Vestita. Anche cosí le sue tette sono immense, mostruose. Dice ancora «Buongiorno» e saluta il sergente con la mano.

– Me l'immagino con chi stava lavorando...

Sarti se ne torna in strada: l'unico neo di una giornata proficua è proprio la donna dal seno immenso. La sua testimonianza per la sera del martellamento della vecchia. Ma si può superare.

– Si può superare. Cosa ne dici?

Non ne dico niente: ne ho abbastanza di tutto quel correre avanti, indietro e glielo comunico. Mi risponde:

– Ti offro un caffè. A casa mia.

Lo preferisco perché posso berlo seduto in poltrona e magari a occhi chiusi.

Sarti Antonio canticchia, sottovoce, in cucina, mentre prepara il caffè e sento il profumo che arriva fin qui.

Mi meraviglia molto che Sarti Antonio canticchi, sia pure sottovoce. Evidentemente è soddisfatto.

– E la colite?

– Niente: da tre giorni non si fa sentire. Sto proprio bene. Bevi? – Bevo mentre Sarti Antonio, sergente, va ad aprire la porta. Entra Antonietta Carioli: felice epilogo di una giornata felice. Dice:

– Accompagnami: voglio vederlo!

– Cosa ti salta in mente?

– Devo sapere come sta: hai detto che aveva la febbre... Ti prego.

– È tardi...

– Ti prego! – Ha gli occhi lucidi e sta per piangere.

Come ho già avuto occasione di dire, Sarti Antonio, sergente, ha fatto il callo alle donne che piangono, ma Antonietta Carioli non è una donna qualsiasi. La guarda un po' e mormora:

– Va bene.

Ha una chiave, da qualche parte, che già gli è servita per entrare al *Sanleonardo*.

Entrano e nessuno li vede: è notte. Sarti accende la luce della sala: ormai è di casa, là dentro. Guarda in faccia Antonietta e la vede sollevata; ha un po' di colore sulle guance. Gli fa rabbia che sia cosí attaccata a quel tipo dai capelli lunghi; ma non può pretendere che sia attaccata a lui.

– Siediti –. Sale sul palco e picchia col tacco sulle tavole:

– Venite fuori! – Silenzio.

– Venite fuori: non ci sono guai. Ho bisogno di fare due chiacchiere... – Ancora silenzio. Allora Sarti Antonio solleva la botola: sotto c'è la pace di un cimitero, di notte. Fruga con la lampada e non può far altro che bestemmiare.

– Cristo, non ci sono piú!

Scende: il suo cappotto, arrotolato e pieno di

muffa, è in un angolo della sala. Se ne sono andati e ben gli sta!

– Quei figli di puttana!

Antonietta Carioli piange, in silenzio, con le mani e il capo appoggiati alla poltrona davanti alla sua.

Lui l'aiuta ad alzarsi: le lacrime le scendono sulle guance e le arrivano agli angoli della bocca, umida.

Sarti Antonio, sergente, non ce la fa: se la stringe e le sfiora le labbra con le sue. Salate di pianto.

– Li troveremo. Calmati: li troveremo... – Ma non sa come; e non sa che cosa dire.

– Credo che stia molto male...

– Calmati –. E la bacia, forte questa volta. Si sente un porco perché è molto facile farlo adesso, con lei in quelle condizioni. Ma la bocca umida di lacrime...

– Vieni! – La ragazza lo segue, docile, tranquilla, tremante. Il sergente si toglie il cappotto e glielo mette sulle spalle. Spegne la luce della sala e fa appoggiare Antonietta alla parete. Lí, in piedi, nel silenzio del teatro, la sente viva come non l'aveva sentita mai.

È lei che gli si attacca con la disperazione del dolore.

Sarti Antonio non la capisce piú! Non importa: può sfiorarla, viverla, superarla... E lei lo aiuta, appesa a lui come appesa alla vita... Senza piú parlare... Solo il suo respiro caldo...

Per tutto il tempo, Antonietta non smette di piangere e lo bacia, lo bacia; come se non avesse baciato da anni.

Alla fine, vuoti, rimangono stretti per un po' di calore.

Buio, silenzio, odore di teatro, di lacrime...

13. Adesso ce l'ha con Rosas

Mangiargli la faccia a quel disgraziato, miope, drogato! Ma Rosas neanche si sposta: lo ascolta, sdraiato sul divano; occhi chiusi e libro appoggiato sullo stomaco. Sarti Antonio, sergente, può sfogarsi, visto che quello continua a fischiettare la sua sinfonia:

– ...e se c'è uno che può farti finire nei guai, Cristo!, sono io! E se credi di potertela cavare cosí, Cristo!, ti sbagli! Tu e quei tuoi quattro compagni dei miei coglioni! Voglio che mi spieghi che soddisfazione ci provi a piantarmi nelle peste! Sai cosa? Se non mi dici dove sono, dentro ci finisci tu, com'è vero che mi chiamo... Che mi chiamo... – Si ferma a riprendere fiato e anche perché deve passargli un morso al ventre che da stamattina si ripete a intervalli di tre minuti: roba da sala parto.

– Mi hai fatto fesso e va bene! Ti ho creduto e peggio per me! Ti sei divertito alle mie spalle e buon pro ti faccia! Sei riuscito a compromettermi e te ne ringrazio! Ma adesso è finita! Li trovo, li porto dentro tutti quattro e non c'è Cristo che tenga! Sai cosa? Dentro ci finisci anche tu! Sissignore! Per averli nascosti!

– Vuoi sederti che mi fai girare la testa, sergente? Hai già bevuto il caffè?

Rosas non aspetta la risposta: va in cucina e lo prepara. E, mentre traffica, ammonisce:

– Ti scaldi troppo. Poi ti vengono gli attacchi di colite.

Sarti Antonio, sergente, lo raggiunge:

– E perché, perché se ne sono andati se non avevano niente da nascondere? Mi avete fregato: tu e loro! Figli di puttana: tu e loro! Ma mi fa piacere, in un certo senso, perché hanno dimostrato che avevo ragione io. Fin dall'inizio: sono stati loro e adesso credono di essere al sicuro. Si illudono, perché appena mettono fuori le loro quattro facce da culo, li insaccano e li portano dentro! Le loro quattro facce da culo, caro mio, sono appese ai cruscotti di tutte le pattuglie auto e non ce la faranno a stare nascosti in eterno. Non ce la faranno!

– Perché te la prendi tanto? Al loro posto avrei fatto lo stesso –. Gli offre una tazzina e Sarti Antonio, sergente, assaggia:

– Fa schifo! – È normale: tutti i caffè fanno schifo se non li ha preparati lui.

– Bevilo com'è. Al loro posto avrei fatto lo stesso. Non ci si può fidare di un questurino. Hanno fatto bene. Mi meraviglio che tu non ci abbia pensato prima. Anzi, non mi meraviglio: è normale.

– Ma perché mi hai portato da loro?

– Perché capissi che dovevi cercare altrove. Che loro non c'entravano!

– Un accidente! Ho cercato altrove e sai il risultato? Adesso di assassini ne ho sei. Anzi otto, se ci metto l'amante e la moglie dell'architetto Vincenzo Letizia! I tuoi quattro compagni (che poi non ho ancora capito perché i tuoi amici non c'entrino mai!), una specie di scrittore mezzo scemo che si dà al teatro e ai gialli, un architetto-pittore-scultore pieno di debiti, sua moglie e la sua amante dalle tette da elefante (una cosa orrenda!) E magari, se cerco ancora ne saltano fuori altri!

– Tanto meglio! Piú ce ne sono, maggiori probabilità hai di sbagliare...

Rosas si rimette sul divano e si toglie gli occhiali: in quella casa fa un freddo cane e Rosas si copre con un plaid. Poi chiede:

– Non sarebbe il caso di rivedere con calma tutta la storia?

– Il tuo caffè mi ha lasciato la bocca come un cesso.

– Bevi un po' d'acqua.

Sarti Antonio va in cucina e si prepara un altro caffè. Ritorna e dice:

– Assaggia questo –. È meglio, decisamente meglio: sa di caffè. E intanto gli racconta la storia dal principio.

Sarti Antonio, sergente, è un po' che lo conosco, ma non finisco mai di stupirmi della sua memoria fotografica, della sua possibilità di registrare. Sto ad ascoltarlo volentieri e senza stancarmi mai; e magari scopro anche dei particolari che mi erano sfuggiti o non ricordavo piú. Tutto questo non serve a niente visto che Sarti Antonio, sergente, non è in grado di cucire insieme i particolari. Cosa che però sa fare molto bene Rosas. Il quale alla fine dice:

– Prima cosa da controllare: perché la signora Angela Scampini in Letizia ti ha raccontato di essersi accorta della scomparsa della madre solamente al mattino, poi, a distanza di tempo, cioè ieri, ti ha detto di averlo scoperto la sera stessa?

– Cristo!

– Seconda cosa: è possibile che le cinquecentottantamila lire siano finite in tasca a quello scrittore di gialli? È possibile che si facesse mantenere dalla vecchia? Poi ancora: c'è niente in quella cartolina o in quei vecchi giornali che hai trovato nella camera della morta che possa giustificare l'assassinio, oggi?

Sarti Antonio, sergente, si alza e propone:

– Andiamo a vedere.

Sono già sotto il portico di Santa Caterina, quando il sergente fa dietro-front e corre dentro di nuovo.

Rosas si appoggia a una colonna e lo aspetta: sorride. Quando torna, gli dice:

– Perché non provi a curarti la colite?

– È colpa tua: mi hai fatto incazzare! Su, andiamo –. Vanno. Per la quarta volta Sarti incontra la signora Angela «ecco» Scampini in Letizia e per la quarta volta la vede piangere.

– Vorremmo dare un'altra occhiata alla camera della signora Imelde.

Lei li fa entrare e li accompagna in camera, senza una parola. È tutto come il primo giorno: ci sono ancora i giornali. Rosas li sfoglia con calma. Angela «ecco» Scampini sospira:

– Quando finirà, sergente? Quando finirà?

– Presto, speriamo –. E pensa: «Ne ho già piene le tasche». Ma un sergente non può esprimersi cosí volgarmente, sicché si rimette a leggere i vecchi giornali. Rosas finisce e si guarda attorno. Cerca qua e là. Chiede a Sarti:

– Non c'era anche una cartolina-invito del Comune con la pianta del centro storico?

Il sergente risponde senza alzare gli occhi dal giornale: – Sí. È tutto sul comodino.

– Non c'è niente –. Non c'è! Cercano, ma la

cartolina è sparita. Allora Sarti ne parla con Angela «ecco»:

– Ecco, è sempre stato tutto sul comodino: e non è entrato nessuno. Sarà finita in qualche cassetto.

Non la trovano proprio e Rosas sembra piuttosto seccato. Sarti Antonio, sergente, non capisce perché, ma non sta a chiederlo.

– Ecco, non riesco a capire...

– Chi può averla presa?

– Nessuno... A chi volete che interessi una cartolina-invito del Comune? Non so proprio dove sia finita, ecco...

Sull'ottoecinquanta Rosas non parla e comincia Sarti.

– Che importanza può avere quella cartolina?

– Vorrei sapere perché non c'è piú: vorrei proprio saperlo –. Adesso vorrebbe saperlo anche Sarti Antonio, sergente, e cerca di farselo dire da Rosas.

– Che legami ci sono?

– Non lo so. Bisognerebbe parlarne con chi l'ha fatta sparire assieme alla pianta del centro storico.

– Trovato niente sui giornali?

– Li hai scorsi anche tu, no? Trovato niente?

Quando Rosas decide di fare il suo numero, non c'è verso di smuoverlo. Magari domani gli telefona e gli racconta che ha capito tutto. Non c'è da meravigliarsi. Ma adesso è inutile insistere con quella faccia da scemo che gli siede a fianco... Rosas si chiude come un riccio fino a casa sua. Prima di scendere annuncia:

– Devo andare all'università. Fammi sapere...

– E tu?

– Cosa posso avere da raccontare io a un questurino?

Rosas entra in casa ed esce con un paio di libri. Sarti Antonio, sergente, gli chiede:

– Vuoi un passaggio? – L'altro fa segno di no con la testa.

– Perché?

– Non voglio che mi vedano arrivare con uno sbirro.

– Ma vai a dar via il culo!

Sarti Antonio parte con un colpo di gas che fa scricchiolare le vecchie giunture arrugginite dell'ottoecinquanta.

Inchioda subito, lasciando sull'asfalto un paio di millimetri di gomme ormai lisce. Abbassa il vetro e urla a Rosas:

– E ricorda che voglio sapere dove sono finiti quei quattro! Tempo fino a domani, poi ti metto dentro al posto loro! Chiaro? – Rosas gli fa un segno con la mano che io però non vi descrivo perché non ha attinenza col caso.

– Figlio di puttana! – E le giunture dell'ottoecinquanta scricchiolano di nuovo. Non ci sarebbe da meravigliarsi se telaio, motore e ruote partissero sparate, mentre il resto della carrozzeria, Sarti Antonio compreso, rimanessero inchiodati in mezzo a via Santa Caterina.

Mentre si avvicina alla centrale il sergente fa un piccolo riepilogo per uso personale: perché Angela «ecco» Scampini ha mentito sul momento in cui ha notato la sparizione della vecchia è inutile chiederlo a lei. Bisogna scoprirlo. Se le cinquecentottantamila sono finite in tasca del tipo dei gialli e se questo gentiluomo si faceva mantenere dalla vecchia, inutile chiederlo a lui: bisogna scoprirlo. Se sui vecchi giornali c'è qualcosa d'interessante bisogna scoprirlo. Dove sono finiti i quattro compari: bisogna scoprirlo. Chi ha preso la cartolina-invito del Comune bisogna scoprirlo. Come far cadere l'alibi di Vincenzo Letizia, architetto scultore, per la notte del delitto, bisogna scoprirlo.

Giri, giri come un matto e quando credi di avere la soluzione in mano, ti accorgi che in mano non hai niente.

– Bel mestiere di merda –. È un discorso che Sarti Antonio, sergente, fa piuttosto spesso, in questi ultimi tempi.

Parcheggia l'ottoecinquanta nel cortile della Questura e aspetta Felice Cantoni, agente: è l'ora di riprendere servizio. Come se fino a quel momento se ne fosse andato per i fatti suoi. Magari a spasso! Magari a divertirsi!

– E tu segna gli straordinari!

– Capirai che soddisfazione! – Arriva Felice Cantoni, agente. Gli dice:

– Salve, capo. Mangiato bene?

Sarti Antonio, sergente, gli mugola in faccia un paio di bestemmie che fanno subito cambiare espressione a Felice Cantoni. Poi si accomoda sull'auto 28.

– Dove andiamo?

– Dove ti pare! – Si muovono. Felice Cantoni s'infila fra le labbra la sigaretta:

– Proprio adesso devi metterti a fumare?

– È l'unica sigaretta della giornata che posso fumare... Ho appena mangiato.

Felice Cantoni, agente, rimette la sigaretta nel cruscotto dell'auto 28. Dice:

– Quando sei incazzato, diventi una bestia.

– Non sono incazzato! Fumare ti fa male: hai l'ulcera!

– Affari miei...

– Stai diventando anche insubordinato?

Felice Cantoni, agente, la pianta e si dedica all'auto 28. Cosí Sarti Antonio, sergente, può dedicarsi ai suoi pensieri, per un po'. Poi, improvvisamente, si attacca alla radio:

– È ancora dentro quel Macchiavelli Loriano?

– Controlliamo –. Passa un mezzo secolo e rispondono:

– È stato rimesso in libertà questa mattina.

– Perché?

– Controlliamo –. Un altro mezzo secolo:

– Non esistevano motivi per la sua traduzione alle carceri.

– No? Uno prende a martellate una vecchia e non esistono motivi per la sua traduzione alle carceri? Dov'è reperibile?

– Controlliamo –. Questa volta Sarti Antonio non tiene il conto, e quando gli rispondono ringrazia nostro Signore per la grazia ricevuta:

– Presso Veronesi, via dell'Unione 31.

– Telefonate e sentite se è in casa.

– Controlliamo –. Passa il solito tempo.

– Non è in casa: ha lasciato detto che andava al teatro *Sanleonardo*. Serve altro?

– Sí, serve! Ma tu non puoi farci niente. Al *Sanleonardo*!

Tutti i salmi finiscono in gloria e tutte le strade portano a quella specie di fottutissimo teatro-chiesa.

La porta è aperta, spalancata. Ma dentro non c'è gente e non c'è neppure spettacolo. Forse perché sono le tre del pomeriggio. C'è solo quel tipo, sul palco, seduto dietro un tavolinetto. Scrive. Non alza la testa. Sarti Antonio, sergente, e Felice Cantoni, agente, si siedono e restano a guardarlo per un po'. Quello si alza, passeggia, si risiede e torna a scrivere. Si alza di nuovo a riempire la scena di gesti come se volesse costruirci dei fondali, dei praticabili, delle luci... Va avanti per un pezzo con quella solfa: se non è tutto matto, ditemi voi!

– Hai finito?

– Sí –. Il giovanotto sorride e va a sedersi vicino ai due. Dice:

– Stavo... stavo... Qui si lavora meglio: si è nell'ambiente.

– Gialli?

– No! Ci sono novità, sergente?

– Sí. Tu sei stato l'amante di Imelde Scampini... Il tipo da gialli guarda i due come se gli avessero detto chissà cosa. Poiché Felice Cantoni non sa di che si tratta, preferisce alzarsi e andare sul palco. Ci passeggia e lo prova come se dovesse cedergli sotto i piedi. L'indiziato ride facendo le fossette nelle guance: non si direbbe uno capace di uccidere una cara, dolce vecchietta. Ma sono proprio questi i tipi che non ti aspetti. Chiede:

– Chi ve lo ha detto?

– Non ti preoccupare! Sappiamo che ti manteneva e che non ricavi un soldo da questa attività...

– Io ho moglie, una bambina: non mi interessa né la vecchia né fare soldi... – Parla serio, come se adesso, per la prima volta, fosse preoccupato:

– Potete chiedere a mia moglie...

– Cosa?

– Se ho mai avuto altre donne. Una vecchia sorda e cieca, poi...

– Perché, tu racconti alla moglie delle tue donne?

– Non ne ho mai avute. Una vecchia sorda e cieca poi... Io... io penso che siete diventati tutti matti.

Deve sembrargli tanto grossa, che, nonostante le cose si mettano male, ricomincia a sorridere.

Cosa potete fare con un tipo simile? Sarti Antonio, sergente, non lo sa proprio. Dice:

– Come vivi?

– Con i gialli faccio un po' di soldi. Poi c'è Franca...

– Chi è?

– Mia moglie. Lavora.

– Chi ti capisce è bravo.

– Non c'è niente da capire. Venga qui –. Lo prende per un braccio e lo porta sul palco.

– Qui si può fare tutto: si costruiscono dei mondi, si distruggono. Si fanno muovere dei sentimenti, si parla alla gente di com'è il mondo, di cos'è che non va, di come dovrebbe essere e di cosa si deve fare per cambiarlo... Non c'è niente da capire. È un modo per dire qualche cosa agli altri e quando lo hai detto, alla fine, si può discutere, confrontare le idee... Ecco, oggi, questo significa teatro, significa politica, significa economia, significa lotta, significa cultura...

Sarti Antonio, sergente, e Felice Cantoni, agente, restano a fissarlo anche se non lo capiscono del tutto. Felice Cantoni se ne torna in platea, seduto.

– Se qui metto un pupazzo e rido, significa che la rivoluzione non è possedere un mitra. Se qui metto un uomo nudo, dico che senza cultura non serve combattere... Se qui metto un bambino morto, la gente capisce che deve spogliarsi dei sentimenti e cominciare a usare la ragione...

Sarti Antonio, sergente, avrebbe magari voglia di stare ad ascoltarlo; anche perché, in un certo senso, riesce a seguirlo; ma deve parlare d'altro. E lo fa:

– Dove hai messo le cinquecentottantamila lire?

Il tipo dei gialli è piuttosto deluso: aveva le braccia sollevate a spiegare. Le abbassa, desolato, e dice:

– Oh, non c'è proprio niente da fare.

Sarti Antonio, sergente, non ha piú tanta voglia di continuare il discorso. Non si sa cosa dire a uno come quello.

– Prima o poi riuscirò a incastrarti: nessuno è tanto pulito da sentirsi tranquillo. Qualcuno ti avrà visto assieme alla vecchia, e io lo troverò!

– Può darsi che neppure io sia tanto pulito da potermi sentire tranquillo, ma adesso non mi viene in mente niente di cui debba vergognarmi –. E si rimette al tavolino. Dopo un po' alza la testa:

– Senta: la signora Imelde aveva una busta bianca in mano. Molto gonfia. Può essere che dentro ci fossero i soldi che lei sta cercando.

– E la borsetta dove la teneva?

– Sul tavolino, proprio davanti a lei.

– Io non so se sei furbo o sei tanto sciocco da crederti furbo. Se cerchi di farmi fesso, magari anche ci riesci. Ma solo per un po'!

Sta per andarsene, ma il tipo dei gialli aggiunge:

– Sulla busta c'era scritto qualcosa. Non so: forse un nome o un indirizzo.

Il sergente non lo saluta e lo lascia sul palco a costruire i suoi fantocci nudi e vestiti.

Non sa piú come classificarlo, ma è chiaro che scemo non è. Bisogna trovare qualcuno che l'abbia visto con la vecchia e possa testimoniare che si incontravano spesso.

E Sarti Antonio lo trova in via dell'Unione 31: Veronesi. La famiglia presso la quale il tipo dei gialli sta a dormire, quando non ritorna a casa.

– Telefonava spesso alla signora Imelde. Sa, la signora Imelde era la mia padrona di casa. Adesso la padrona è la figlia: Angela Scampini. Certo che si vedevano. Recentemente quasi tutti i giorni. Nel pomeriggio, quando la signora veniva a dar aria al... alla sua casa vuota, lui diceva: «Vado a trovare la signora Imelde. Chissà che non abbia deciso di affittarmi una camera». E andava. Sa, rientrava piú tardi e diceva che la signora Imelde non aveva ancora deciso. Io poi non so cosa facessero là dentro. Certo che di spazio e di possibilità ce n'erano... E pensare che sembra un cosí bravo ragazzo!

Con questa, le testimonianze sono due: la battona grossa e l'affittuario. Per il tipo dei gialli la situazione si fa buia.

Ma ci sono ancora alcuni punti da controllare: quelli di cui ha parlato Rosas. E Sarti Antonio, sergente, non è tipo da lasciare le cose a metà.

Alla fine, escluse tutte le altre possibilità, ne resterà una sola.

Cosí sarà tranquillo anche con la sua coscienza di questurino.

14. Intermezzo: un discorso da fare

Non so se ci avete fatto caso, ma il nostro è un Paese dove ci si sorride, ci si corre incontro, ci si tendono le mani, ci si abbraccia, ci si torna a sorridere, si lava la biancheria, si corre (mano nella mano) sulla sabbia, si torna ad abbracciarsi e ci si tendono ancora le mani.

I bambini, invece, passano la loro giornata a mangiare formaggini.

E tutti (tutti!) hanno addosso un impeccabile abito da sera, scuro o chiaro a seconda dell'età.

E tutti (tutti!) giocano a tennis, a golf oppure sciano.

E tutti (tutti!) sono avvocati, ingegneri, designer, dottori in qualche cosa o, almeno, studenti.

Ormai siamo tanto abituati a vederci cosí, tutte le sere in *Carosello*, che non ci passa per la testa che le cose possano essere leggermente diverse: mai che uno straccio di muratore torni a casa, lercio di calce, con un principio di silicosi, imbestialito da otto ore sotto il sole, si metta a tavola senza nemmeno lavarsi le mani e cominci a bestemmiare perché ne ha le tasche piene dello stracchino che la moglie (collaboratrice domestica a ore presso il notaio Chessoio) gli mette nel piatto tutte le sere. Mai. O che un metalmeccanico della Sabiem si incazzi perché, uscito dalla catena di montaggio, trova la motoretta con la gomma posteriore (Pirelli, Michelin o Ceat) forata. Mai.

O che una camiciaia della onorata ditta Pancaldi e C., dopo quindici giorni di scioperi, decida di lavarsi le mani e il viso con il sapone da bucato che non fa poi tanto bene alla pelle. Mai.

O che un gruppo di contadini modenesi, la domenica mattina, dopo la santa messa, si dedichi al gioco della «ruzzola». Mai.

D'altronde c'è un nuovo proverbio: «È giusto che le cose belle appartengano a pochi».

Il nostro è proprio un Paese felice e quello che racconta *Carosello* dev'essere vero, visto che nessuno protesta.

Sarti Antonio, sergente, sta in poltrona a godersi questo bel mondo, quando s'interrompe la trasmissione e arriva un tale ad annunciare che «durante una manifestazione antifascista è scoppiato un ordigno ad alto potenziale che ha provocato la morte di sei persone e il ferimento di un altro centinaio. L'attentato è avvenuto a Brescia, in piazza della Loggia, mentre era in corso un comizio indetto dalla Federazione unitaria sindacale...»

Il tale se ne va, cosí com'è arrivato, e magari la gente, adesso, aspetta il nome della ditta che ha offerto l'annuncio.

Sarti Antonio, sergente, non ha ancora capito se è un nuovo modo di fare pubblicità che gli squilla il telefono:

– Mobilitazione generale! Recarsi immediatamente in centrale e tenersi a disposizione!

Non è un nuovo modo di fare pubblicità.

Gli mettono in mano il lanciabombe, gli calano in testa il casco con la visiera di plastica, gli appendono al collo uno zaino gonfio di lacrimogeni e lo infilano nella corriera.

Nessuno parla: sguardi tesi, facce nervose sotto la visiera, mani irrigidite attorno all'arma, muscoli pronti a scattare giú dal veicolo per gettarsi su chissà chi, contro chissà cosa.

– State calmi! State pronti, ma calmi! Aspettate gli ordini! Non agite d'impulso! State calmi!

Chiusi dentro il pulmino, non si ha la sensazione né di dove si è diretti né di cosa sta succedendo fuori, nella strada: si sentono, ovattate, le grida di dimostranti... Ci si chiede, con gli occhi, quanti saranno; cos'avranno intenzione di fare; cosa dovremo fare!

E le urla si avvicinano: è gente stanca di subire, stanca di farsi pestare, stanca di morire.

Qualcuno apre la portiera:

– Fuori! Fuori tutti! Bloccate la strada e non fateli passare! State calmi e aspettate gli ordini! Agite solo secondo gli ordini!

Sarti Antonio, sergente, si rende conto solo adesso di trovarsi in via Santo Stefano, nei pressi della sede del Msi. E si rende conto solo adesso che quelli che stanno là, di fronte a loro, hanno intenzione di fare sul serio. Non ci sono dubbi: se riescono a passare, la sede del Msi va a fuoco e va a fuoco tutto il centro storico che sta attorno: vecchie case con le strutture in legno. Fiammiferi che si accendono solo a guardarli.

Quello che succede, Sarti Antonio, sergente, non è in grado di raccontarlo; né io di parlarvene. Il fumo acre mi entra negli occhi e mi fa piangere; mi entra nei polmoni e mi fa tossire.

Non resta che andare il piú lontano possibile, ma i fatti rimangono.

Il giorno dopo, i giornali non ne parlano: hanno altro da scrivere.

– Sei morti e ottantotto feriti... Un massacro, come piazza Fontana. Sono stati i fascisti, con una bomba di un chilo, «il solito chilo» dirà il maggiore degli artificieri Romano Schiavi, come in altri attentati terroristici nel bresciano... «Il solito chilo» messo, questa volta, in un cestino di rifiuti, nel centro della città, nel momento piú vigliacco, in mezzo a una gran folla... Lo stesso odore che aleggiava attorno al cadavere del giovane Ferrari, il fascista che si è schiantato in moto contro un muro, imbottito di tritolo... Restavano un mucchio di corpi, squarciati, brandelli di carne e di ossa disseminati in un raggio di cinquanta metri, arti staccati, e un bagno di sangue caldo, denso...

Come si può pensare che tutto ritorni come prima?

E infatti, per un po', non torna come prima: nei bar si parla di attentato, di fascismo. Qualcuno è anche sdegnato. Per un po'... Poi si torna a guardare i manichini sorridenti di *Carosello*; a parlare dei campionati mondiali di calcio a Monaco.

A Sarti Antonio, sergente, tolgono di mano il lanciabombe, sfilano il casco con la visiera di plastica, levano dal collo lo zainetto gonfio di lacrimogeni e lo ributtano sull'auto 28 a occuparsi dell'assassinio della signora Imelde Scampini, di anni ottanta, come se niente fosse accaduto. E a Sarti Antonio, sergente, non resta che asciugarsi gli occhi, umidi per il gas, e riprendere da dove era rimasto qualche giorno prima. Per stare tranquillo con la sua coscienza di questurino.

15. Una giornata al Comune

Se non ci siete stati, non potete crederlo. Come vanno le cose in questi uffici, voglio dire. Io ve lo spiego e, se ci riuscite, credetemi, che è tutto sacrosanto.

Sarti Antonio, sergente, si presenta ed è subito bloccato da un paio di uscieri:

– Il signore dove va?

– Non lo so: cerco qualcuno che possa darmi delle informazioni...

Uno degli uscieri (un tipo alto, magro, capelli grigi e divisa da sottotenente) gli indica con gesto epico un cartello affisso alla parete. Dice: «I tecnici dell'Ufficio tecnico ricevono solamente il martedí e il venerdí dalle ore 11 alle ore 13».

Piú sotto ce n'è un altro. Dice: «I dipendenti di questo Comune sono al servizio del cittadino: se non siete soddisfatti o non avete chiare le informazioni ricevute, avvertite i capi dei servizi e vi saremo grati. Il sindaco».

Sarti Antonio, sergente, con gesto altrettanto epico, indica quest'ultimo cartello e chiede:

– Posso avvertire il capo dei servizi che non sono soddisfatto e non ho chiara l'informazione?

La divisa da sottotenente gli porge un cartoncino. Dice:

– Compili questo modulo.

«Il sottoscritto (puntini puntini) chiede di essere ricevuto dal dottor (puntini puntini) per i seguenti motivi (puntini puntini). Lí (puntini puntini)». Al posto dei puntini puntini, Sarti Antonio scrive: «Sarti Antonio». Poi: «Chiede di essere ricevuto dal dottor Chicchessia» e nei motivi mette: «Notizie circa la morte della vecchia». Firma e riconsegna il cartoncino al sottotenente degli uscieri comunali che se lo legge attentamente e se lo studia per un po'. Poi guarda Sarti Antonio con un sorriso di compatimento. Gli dice:

– Signor Sarti, lei ha sbagliato ufficio: qui non c'è nessun dottor Chicchessia. Provi all'Ufficio personale.

A questo punto è evidente che si potrebbe star lí a discutere per un giorno intero sul dottor Chicchessia e non si riuscirebbe a convincere il sottotenente degli uscieri.

Cosí Sarti Antonio, sergente, è costretto, suo malgrado, a mostrare l'apriscatole (la tessera di questurino).

Quello per poco non si genuflette com'è solito fare davanti alla Madonna di san Luca. Dice:

– Un attimo, prego –. E sparisce dietro una porta massiccia di legno antico e ottone fuso. Quando torna è rosso e ha gli occhi lucidi: devono avergli spiegato cosa significa Chicchessia. Dice:

– Prego, si accomodi. Il dottore la riceverà subito –. Ma Sarti Antonio deve aspettare ancora una buona mezz'ora.

Scommetto che stanno cercando di far sparire qualche «interesse privato in atti d'ufficio» o qualche «concussione» (abuso di pubblico ufficio per estorcere lucri illeciti).

Alla fine lo fanno entrare e lo ammettono alla presenza del dottore.

– In che cosa posso esserle utile signor... signor... – l'uomo guarda il cartoncino bianco, – signor Sarti?

– Come ho spiegato nel biglietto consegnato all'usciere, sto svolgendo indagini circa la morte di una signora. Tale Imelde Scampini, di anni ottanta, che qualche malvivente ha preso a martellate. Durante una perquisizione nella camera della defunta, ho rinvenuto una cartolina-invito spedita da questo Ufficio tecnico qualche giorno prima che la donna venisse uccisa. Desidero sapere a cosa si riferiva.

Sarà una mia impressione, ma il dottore sembra sollevato: toglie le mani di sotto il tavolo dove se le stava tormentando e sorride, gentile:

– Dove abita la signora?

– Abitava in via Irnerio 27 –. Il dottore prende il telefono:

– Mi cerchi una pratica a nome... Che nome?

– Imelde Scampini.

– ...a nome Imelde Scampini, via Irnerio 27 –. Butta giú e sorride di nuovo. Deve avere una gran voglia di baciare Sarti Antonio sulla fronte.

Si guardano e si sorridono per circa undici minuti, senza parlare. Poi, il telefono:

– Sí? – Il dottore ascolta, annuisce, sorride e depone:

– Sono spiacente, signor... signor Sarti, ma non risulta niente né a quel nome né a quell'indirizzo. Non può mostrarmi la cartolina-invito?

– Magari –. Quello non capisce, ma non indaga.

Sarti Antonio, sergente, si alza e fa per andarsene quando ha il lampo di genio. Dice:

– Faccia controllare per via dell'Unione numero 1...

Solita trafila, solita attesa, poi il responso della Sibilla:

– Risulta che il tecnico addetto al centro storico avrebbe convocato la signora in questione per informazioni...

– Vorrei parlare col tecnico –. Questa volta il dottore preme un pulsante, e immediatamente si spalanca la porta e appare il sottotenente degli uscieri: mi gioco mille lire che stava dietro il battente pronto a scattare!

– Accompagni il signore dal geometra Polacchi.

Ma il geometra Polacchi non è in ufficio e cosí il sottotenente degli uscieri fa sedere Sarti e gli dice:

– Dovrebbe tardare poco. Può aspettarlo qui, nel suo ufficio –. Esce e lascia la porta spalancata perché non ci si può fidare neanche di un questurino, con i tempi che corrono.

Aspetta, aspetta, aspetta, ma qui non si vede nessuno. Tant'è vero che Sarti Antonio, sergente, perde la pazienza e, per non stare con le mani in tasca, si mette a frugare qua e là, appena il sottotenente degli uscieri glielo permette. Ma non c'è niente di interessante: pratiche, pratiche... Montagne di pratiche! Una è piuttosto vecchia e tuttora in attesa di evasione: un certo Carducci Giosuè chiede l'apertura di una finestra nella sua casa di via Broccaindosso. Deve trattarsi di quella dell'albero «cui tendevi la pargoletta mano...» e che è stata poi aperta senza autorizzazione: abusiva!

In un armadietto un paio di bottiglie semivuote di alcolici, per i momenti di depressione fra una pratica e l'altra; una radiolina a transistor per le partite dei Mondiali di calcio a Monaco; un mangianastri e relativa pila di nastri per i momenti di intimità; qualche rivista porno e il giornale di oggi: niente d'interessante.

Quando Dio vuole e il signor sindaco permette, arriva il titolare dell'ufficio, geometra Polacchi Franco: tipo giovane, piuttosto sveglio, ben vestito, ben rasato, profumato, un fazzoletto annodato al collo e un borsetto a tracolla. Attillato, senza un capello fuori posto, tosato come va oggi e con un modo di trattare che sembra un vero signore. Quando parla ha la voce impostata, senza la «esse» che fa ridere quelli che non sono di qui: potrebbe fare fotoromanzi a fumetti!

– Buongiorno. Desidera?

E qui, Sarti Antonio, sergente, comincia tutta la storia. Alla fine quello si fa portare la cartella di via dell'Unione numero 1-Scampini Imelde. La consulta un po' e la mostra a Sarti. C'è un foglio scritto a mano che spiega:

> Nell'ambito delle indagini per lo studio del piano per il centro storico, si propone di invitare in questo ufficio la signora Imelde Scampini, proprietaria di una serie di immobili ubicati in via dell'Unione, allo scopo di avere notizie circa i predetti immobili. Epoca di costruzione, stato di conservazione, esistenza di licenza, disponibilità attuale, affittanze eccetera...

Una serie di firme e, alla fine: «Spedito invito in data odierna». Ancora una serie di firme, timbri e la data: un paio di anni fa. C'è anche una piantina di via dell'Unione con alcuni fabbricati colorati in rosso. Sarti Antonio, sergente, domanda: – Cosa sono?

– Quelli in rosso sono di proprietà della signora Imelde Scampini...

– È venuta la signora?

– Legga a tergo.

Legge a tergo:

Conferito in data odierna con la signora. Si elencano i risultati dell'indagine:

1 – il numero 1 e il numero 31 di via dell'Unione sono di proprietà della signora Imelde Scampini;
2 – il numero 1 è una ex casa di tolleranza ora sfitta;
3 – il numero 31 è un fabbricato per abitazione civile attualmente affittato a otto famiglie con fitti bloccati;
4 – fabbricati in buono stato di conservazione;
5 – non esistono licenze di costruzione in quanto i fabbricati sono di vecchissima data (1300-1400);
6 – pervenuti alla suddetta per eredità;
7 – nulla osta al loro inserimento nei piani di esproprio in previsione del centro storico.

Firma e timbro. Tutto qui.

Sarti saluta e se ne va. Può darsi che ci sia qualcosa di utile in tutte quelle notizie, ma occorre pensarci un po', chiuso nel gabinetto e a voce alta. Occorre parlarne con Rosas.

Anche perché il termine che gli aveva dato per ritrovare i quattro è già scaduto da parecchi giorni. Glielo ricorda una telefonata: la voce, bassa, triste di Antonietta.

– Sono io. Hai notizie?

– Da dove telefoni?

– Dall'università. Hai notizie? – Gli dispiace, ma deve dirlo:

– No, nessuna –. Un silenzio, poi:

– Cosa pensi di fare?

– Non lo so proprio: se ne sono andati come se fossero stati loro. Non so da che parte voltarmi... Li stanno cercando dappertutto. Prima o poi salteranno fuori.

– E li arresteranno?

– Li cercano per questo. Aspettami.

Va a prenderla sull'ottoecinquanta. Lei è triste, molto, ma Sarti Antonio, sergente, non sta a pensarci; cerca di farle del male, non sa perché. Come se ci provasse gusto:

– È un maledetto figlio di puttana! Se non c'entra... se non c'entrano, perché non restare là? Farti sapere qualcosa... – Gli viene un dubbio. – Ti ha mandato notizie?

Antonietta fa segno di no col capo.

– Non stai cercando di fregarmi?

– Sarei venuta a chiederti notizie se ne avessi io?

Sarti Antonio, sergente, desidera solo credere a quello che Antonietta gli dice. E non fatica molto.

– Andiamo da Rosas: deve dirmi dove sono!

Da un po' di giorni si sente in giro la primavera, ma nell'appartamento di Rosas c'è sempre odore di umidità, di muffa. E c'è sempre quella bambolina bionda che sculettava nuda per casa qualche tempo fa. Oggi però non è nuda: sta seduta al tavolo e legge. Rosas è sdraiato sul solito divano e legge anche lui.

– Allora? Dove sono? – La bambolina («Una») alza gli occhi e gli dice:

– Ciao.

– Salve. Allora, dove sono?

Rosas mette via il libro. Sospira:

– Non lo so –. Si accorge di Antonietta e la saluta con un cenno. Le dice:

– Davvero non lo so. Mi dispiace. Ma non devi preoccuparti: sta bene, credo. Siediti.

Si siedono. Sarti Antonio, sergente, si prende la testa fra le mani:

– Non so piú dove sbattere –. Rosas si alza e gli mette una mano sulla spalla. Dice:

– Mangiamo qualcosa e parliamo. Va bene?

Nessuno risponde. «Una» va in cucina e grida:

– Non c'è niente: cosa mangiamo? – Sarti Antonio si alza:

– Andiamo a casa mia: c'è meno umidità e ho qualcosa in frigo –. Escono e cercano spazio tutti e quattro nell'ottoecinquanta. Le sospensioni si lamentano e il motore urla come se avesse i reumatismi e lo costringessero a muovere le giunture.

Sarti Antonio, sergente, si ferma in qualche negozio a far compere. A casa annuncia:

– Non ci so fare in cucina.

Antonietta gli sorride:

– Ci penso io –. E se ne va di là.

Era un bel po' di tempo che non mangiava tanto volentieri; sempre solo, come un cane. Questa sera è differente.

Bevono e parlano e, anche se è solamente una bistecca con un uovo sopra, un po' di pomodoro condito con olio, sale, aceto, ha tutto un sapore diverso.

Sarti Antonio, sergente, è un animale socievole costretto a vivere isolato.

Mentre sono a tavola, racconta le ultime novità come sa fare lui, e gli altri lo ascoltano. Alla fine è stanco e la testa gli gira. Dolcemente: deve aver bevuto troppo. Anche Antonietta e anche «Una», la bambolina bionda. Rosas non si capisce perché tiene gli occhi chiusi.

Sarti ha finito e non ha neppure la forza di chiedere: «Allora cosa ne dici?» Prende Antonietta per una mano e va in camera: si lasciano cadere sul letto e si lasciano «girare» assieme. Di là, non si sente niente, ma c'è un divano.

16. Quando le cose non hanno né capo né coda

Doveva pur arrivare il momento che Raimondi Cesare, ispettore capo, gli avrebbe chiesto:

«Allora, quei quattro sono spariti?» Ed è arrivato.

– Allora, quei quattro sono spariti?

– Pare di sí. Non si riesce a capire dove cavolo sono...

– Tutti e quattro?

– Tutti e quattro!

– Io credo che tu stia invecchiando. Io credo, è vero, come si dice, che quell'Antonietta Carioli sappia raccontartele tanto bene da farti perdere la strada.

Evidentemente quello sa tutto e sulla cartella segnaletica di Sarti Antonio, sergente, sta già scritto: «Ha avuto rapporti carnali con...» E Sarti Antonio si affretta a dire:

– Ci sono delle novità. Per esempio: una prostituta ha visto uscire un tale, poco prima che i quattro entrassero nell'ex casa di tolleranza. Poi: il genero della morta ha parecchi lati oscuri. È pieno di debiti che non si sa come li paghi; ha una donna con due tette cosí e la moglie non sa niente. La sera dell'assassinio non si sa dove sia stato, ma si sa che è rientrato alle due di notte. Ancora: Angela Scampini ha raccontato un sacco di bugie sull'ora in cui ha scoperto che la cara vecchietta non era in casa. E, infine, è sparita una lettera-invito che un tecnico del Comune aveva spedito alla defunta... – Raimondi Cesare, ispettore capo, lo interrompe. La storia non deve sembrargli interessante:

– Forse, è vero, come si dice, non ci siamo capiti fin dall'inizio. Sarti Antonio, ti avevo incaricato di cercare quei quattro, non di ricominciare tutto da capo. Il tuo compito, è vero, come si dice, si limitava a questo! O sei già al punto che non connetti piú? Dovresti ormai sapere che la base dell'efficienza, nel nostro mestiere, è proprio la disponibilità dei subalterni all'obbedienza, in modo che gli ordini, tempestivamente eseguiti, permettano di sorprendere i malviventi, permettano di prevenirne le mosse... Insomma, Sarti, mi devi trovare quei quattro! Capito? E lascia perdere le poste e le lettere-invito. Se c'è un caso chiaro, lampante come il sole, è proprio questo.

– Ma perché la vecchia non ha urlato, quando le sono piombati dentro i quattro? Vorrei saperlo: le mie non sono fantasie! Ero a due passi e avrei sentito gridare...

– Si potrebbe rispondere, è vero, come si dice, che lei, Sarti Antonio, sta diventando anche sordo...

Siamo al «lei» e le cose si mettono male. Meglio lasciar cadere il discorso: – Sissignore! Se lei crede, posso abbandonare le indagini... Può... può affidarle ad altri...

Raimondi Cesare, ispettore capo, l'interrompe.

– Troppo comodo! Troppo comodo, caro sergente! Lei, è vero, come si dice, ha seguito gli avvenimenti fin dal primo giorno. Ha avuto il fiuto di individuare i quattro...

Quel «fiuto» suona molto sarcastico. Un altro avrebbe detto: «Ha avuto il culo di vedere i quattro mentre entravano eccetera...»

– ...e tocca a lei, è vero, come si dice, arrivare alle conclusioni. Troppo comodo, caro mio! Troppo comodo! «Non ci riesco e vado in ferie!» O vuole che la citi ai giornali per aver collaborato alle indagini standosene in montagna, sulla neve?

Il fatto dei giornali gli è rimasto sullo stomaco e adesso glielo fa pagare! Sarti Antonio, sergente, ne ha abbastanza e cerca di uscire prima che può. Dice:

– Va bene. Farò del mio meglio –. E si avvia alla porta.

– Non ho finito. Oggi pomeriggio voglio tutta la squadra in palestra. Lei compreso!

Ci mancava anche questa.

– Non sto molto bene: è sempre la colite che...

– È ora che la sua colite... Lasci stare la colite, Sarti! Lasci stare!

– Va bene.

Sulla porta il sergente quasi investe Polacchi Franco che cerca di entrare nell'ufficio di Raimondi Cesare, ispettore capo.

Lo fa passare, pulito come al solito, elegante, con il fazzoletto al collo sotto la camicia bianca... Lo fa passare e resta anche lui. Cosa ci fa, quello, nell'ufficio di Raimondi Cesare?

– Il dottor Raimondi?

– Sono io: cosa vuole? Chi è lei? – Come inizio non c'è male: lo ha già sistemato. Ma l'altro non fa una piega. Dice:

– Polacchi Franco, geometra del Comune. Molto lieto –. E gli tende la mano. Raimondi Cesare la stringe ma non si alza. Continua a essere scortese: deve avere delle grane e la storia di Imelde Scampini gli serve per sfogare la rabbia.

– Piacere. Cosa vuole? – Polacchi Franco, tecnico comunale, non si scompone: ne ha viste di cose! Dice:

– Stavo cercando questo signore e non sapevo dove trovarlo. Mi hanno detto che le indagini le sta coordinando lei e lei avrebbe potuto dirmi dove trovarlo.

– Eccolo lí! Cosa vuole?

Il Polacchi ha la voce impostata, proprio come un attore:

– Mi sono ricordato qualcosa che non avevo detto al signore in merito alle indagini che sta svolgendo –. Parla come se stesse preparando il rapporto su una pratica. Raimondi Cesare ne ha abbastanza e vuol tagliare corto. Son cose che non gli interessano. Lui sa già i nomi dei quattro assassini. Cosí sbuffa, scortese, come al primo momento del colloquio:

– Glielo dica e faccia presto! – E tuffa di nuovo il naso nelle sue carte.

– Bene. Ecco: mi sono ricordato che qualche tempo fa si presentò al sottoscritto un architetto per chiedere informazioni sugli stabili in oggetto... – Il geometra continua con il rapporto. Solo che Sarti Antonio, sergente, le cose vuole capirle fino in fondo:

– Quali stabili?

– Quelli appartenenti alla defunta signora Imelde Scampini.

– E l'architetto chi era?

– Vincenzo Letizia. Un giovane architetto che ha lo studio...

– Lo conosco. Tutto quadra.

Raimondi Cesare, ispettore capo, alza gli occhi. Dice:

– Bene, se avete finito, io avrei da fare.

Sarti Antonio, sergente, avrebbe voglia di sbattergli in faccia quello che pensa di lui, della Questura, della vecchia e di tutto il resto. Non può farlo. Anche perché i morsi della colite gli mozzano il fiato. Prende per un braccio il Polacchi e se lo trascina fuori. Al bar. Gli offre un caffè. Dice: – Cosa voleva il Letizia?

– Le solite informazioni: cosa si può costruire in quella zona, qual è l'indice di utilizzazione, come si può trasformare l'immobile, quale metodo d'intervento è previsto per il fabbricato, come si può utilizzare... Tutto qui. Naturalmente gli ho dato le informazioni richieste e lui se n'è andato.

– Quando è venuto, la vecchia era già morta?

– No, non mi pare. Non mi pare... è stato molto tempo fa.

– La ringrazio. Non è per caso tornato da lei di recente con una cartolina-invito e una pianta del centro storico?

– Una cartolina-invito? Una pianta del centro storico?

– Sí, una di quelle cartoline che mandate per convocare il pubblico. Portava la data di una settimana prima del delitto –. Sarti Antonio, sergente, spiega tutto e alla fine il geometra dice:

– È molto strano, è molto strano. La signora è stata convocata una sola volta, un paio d'anni fa. È molto strano...

– Io, invece, comincio a vederci piú chiaro... – Sarti s'interrompe e aspetta che gli passi un morso di colite. Deve aver cambiato faccia, perché il Polacchi gli domanda:

– Sta male? Cos'ha?

– Niente. Un dolore qui. Niente. Dicevo che comincio a vederci piú chiaro.

– Cosí non si trova piú la cartolina-invito?

– Sparita.

– E... la firma sulla cartolina? Ha visto la firma? Si potrebbe rintracciare chi l'ha spedita...

Sarti Antonio scuote il capo:

– Avrei dovuto guardarci meglio: ho l'impressione che stia tutto in quella cartolina-invito.

– Può essere. Se ha ancora bisogno di me, sa dove trovarmi. Sono a sua disposizione –. Gli tende la mano e se ne va, tirato a lucido nel suo completo pitturato addosso e senza un capello fuori posto: sembra finto.

Il giorno dopo Sarti Antonio, sergente, sta ancora cercando di capirci qualcosa, ma il casino è tale che ci rinuncia: non c'è riuscito neppure chiuso nel gabinetto di casa sua, mentre aspettava che gli passasse l'effetto dell'incontro con Raimondi Cesare.

Il sole è già tiepido e il sergente indugia piú che può nell'attraversare piazza Maggiore accarezzata dai raggi di una primavera che sembra ben disposta. Sui gradini di San Petronio, un branco di disperati, pelosi, lerci e stracciati, sta godendosi il sole.

Un altro branco, un po' meno peloso e meno lercio, si è sistemato sui gradini del palazzo di Re Enzo. Sembra che siano divisi in categorie. Categoria A: grado di lerciume 100, dislocazione San Petronio. Categoria B: grado 50, dislocazione Re Enzo. Categoria C: grado 10, dislocazione qua e là. Con possibilità di passare alla categoria superiore per anzianità e per accumulo di sporcizia. È questione di pazienza.

– Sarti Antonio! – È soprappensiero. Risponde forte:

– Presente! – Ma subito si guarda attorno e aspetta la pernacchia che non arriva. Appoggiato a una colonna del palazzo del Podestà, opera insigne del Vignola buonanima, sta Rosas che sventola un giornale. Sarti Antonio si avvicina e gli dice:

– Dovevo immaginarlo. Tu a che categoria appartieni? Te ne stai da parte e non ti mischi a quelli?

L'altro non lo degna di risposta. Dice:

– Io ho sempre sostenuto che i giornali sono da leggere. Tu lo leggi il giornale?

– Quando ho tempo.

– Dovresti leggerlo tutti i giorni. Senti questo, ad esempio: «Furto nello studio di un noto professionista. Questa notte ignoti ladri hanno forzato la porta dello studio dell'architetto Vincenzo Letizia, molto noto nell'ambiente artistico per i suoi quadri e le sue sculture. Sono state asportate parecchie tele, naturalmente le piú pregiate, e alcune sculture. Molte di queste ultime, non essendo facilmente trasportabili, si sono salvate. Il furto ha arrecato un danno di parecchie decine di milioni in quanto le tele, a detta dell'artista, rappresentavano il meglio della sua produzione degli ultimi anni...»

Rosas andrebbe avanti nella lettura, se Sarti Antonio, sergente, non lo interrompesse:

– Non m'importa niente! Quei ladri devono proprio essere di cattivo gusto. Li hai mai visti quei quadri? Cosa ne faranno, se Letizia non è mai riuscito a vendere neanche una cornice vuota?

– Appunto: cosa ne faranno dei quadri? Chi sta indagando sul furto?

– Nessuno! Chi vuoi che se ne preoccupi, con tutti i guai che ha la Questura di questi tempi?

– Potresti occupartene tu.

– Ho altro da fare io.

– Per esempio? – È quello che Sarti aspetta e fa la storia degli ultimi avvenimenti, fino al colloquio di ieri con Raimondi Cesare e col tecnico del Comune, quel tale Polacchi Franco. Si sfoga anche per quello che il Raimondi Cesare gli ha fatto ingoiare. Non serve a niente, ma lo fa lo stesso e Rosas lo ascolta, appoggiato alla colonna del Vignola, godendosi il tepore del sole. Alla fine Rosas gli dice:

– Si comincia a capire qualcosa. Adesso sono ancora piú convinto che dovresti occuparti di quel furto.

– Lo farò. Se mi dici il motivo, lo farò!

– Io devo andare. È un'idea! Se due piú due fa quattro... A chi vuoi che interessino i quadri e le sculture di quel merlo? Si è mai visto un ladro che rischia la galera per delle opere d'arte che non valgono un fischio? Se i ladri sono andati a trovarlo, cercavano altro: questo è sicuro! Magari hanno portato via i quadri per confondere le cose... Io devo andare. È un'idea come un'altra: pensaci.

Gli infila in tasca il giornale e se ne va.

Nel tratto di strada che da piazza Maggiore porta alla Questura (saranno trecento metri), Sarti Antonio ci pensa e decide. E si presenta a Raimondi Cesare, ispettore capo, anche se non ha nessuna voglia di vederlo. Chiede:

– Posso dare un'occhiata alle indagini sul furto nello studio di Vincenzo Letizia?

Aspetta un cenno, una parola, un gesto qualsiasi. Niente. È come se in quell'ufficio ci fosse Raimondi Cesare, solo, seduto alla scrivania.

– Credo che quel furto sia collegato con l'omicidio di Imelde Scampini... – Stavolta l'ispettore non gli dà neanche il tempo di finire:

– Se credi che i quattro che ti ho ordinato di cercare siano implicati in quel furto, fa' pure –. Sarti non trova di meglio che rispondere:

– Ecco, credo proprio che sia cosí! Grazie.

Grazie di cosa poi? Raimondi Cesare, ispettore capo, aspetta che sia sulla porta: è diventata un'abitudine e Sarti Antonio, sergente, prima di uscire ha imparato a fermarsi un attimo sulla soglia.

– Non ho avuto il piacere di vederti in palestra...

A Sarti era proprio passato di mente. Dice la prima cosa che gli capita: – La colite...

– Della tua colite abbiamo già discusso. Domani siamo in palestra –. Sarti non ha niente da aggiungere e se ne va. Se ne va da Vincenzo Letizia, archipittoscultore.

Trova un falegname che sta lavorando alla porta dello studio e Vincenzo Letizia che sta impartendogli direttive. Appena l'architetto mette a fuoco il Sarti Antonio, diventa rosso e comincia a sbraitare:

– Visto? Visto? Questo è il risultato! Dovreste proteggere i cittadini e invece andate in giro a offenderli! Ecco qua: i ladri possono agire indisturbati. Bella polizia! Bella efficienza!... – E magari andrebbe avanti ancora chissà quanto se Sarti Antonio, sergente, non lo interrompesse:

– Sono qui appunto per indagare, per proteggerla, per arrestare i responsabili e quant'altro!

Quello borbotta un po' fra sé e alla fine ringhia:

– Sembra che nella polizia ci sia solo lei. Non hanno altri agenti?

– Riferirò ai miei superiori che lei gradirebbe un altro agente. Intanto favorisca raccontarmi tutto. Come si sono svolti i fatti?

– C'è poco da raccontare: sono arrivato e ho trovato tutto sottosopra. La porta scardinata e tutti i quadri asportati.

Sarti Antonio, sergente, entra e dà un'occhiata in giro:

– Tutti?

– Quasi tutti. Per lo meno quelli di maggior valore.

– Vedo, vedo... E la signora? – Fa un cenno con le mani come per dire: «Quella che se ne sta nuda a leggere il giornale e che porta a spasso due tette cosí».

– La mia modella? Cosa vuole che ne sappia lei?

– Chiedevo solo per non rischiare di ritrovarmela davanti. Posso? – L'altro gli fa un cenno con la mano che significa: «Cosa vuole che m'importi? Entri pure, per quello che servirà».

In effetti c'è un bel po' di casino in giro. Tavoli rovesciati, cassetti aperti, contenuto sparso sul pavimento, cestini portacarte capovolti... Sarti Antonio chiede:

– Cercavano quadri anche nei cassetti e nei portacarte?

– Lo chieda ai ladri quando li avrà trovati.

– Lei a che ora viene in ufficio, di solito?

– Alle nove, nove e mezzo. Ma questo che significa?

– Significa, significa. Come mai la denuncia è stata fatta solo alle undici?

Vincenzo Letizia, archipittoscultore, gli lancia uno sguardo di compatimento. Dice: – Mi ha chiesto a che ora vengo in ufficio di solito. Di solito vengo alle nove, nove e trenta. Ieri, invece, sono arrivato alle dieci e tre quarti. Alle undici ho fatto la denuncia. Ho impiegato un quarto d'ora per rendermi conto dell'accaduto e per arrivare in Questura. Può controllare il percorso...

– Bene, bene. Poteva denunciare per telefono, senza disturbarsi e andare fino in Questura.

Vincenzo Letizia gli mostra il cavetto del telefono tagliato e gli sorride in faccia.

Intorno c'è ancora qualche quadro piuttosto ingombrante; Sarti Antonio, sergente, dà un'ultima occhiata in giro, poi lo saluta. Ma quello non lo lascia andare:

– Allora?

– Allora cosa?

– Che intenzioni ha?

– Arrestare, il piú presto possibile, il responsabile o i responsabili. Erano assicurati i suoi quadri?

– Cosa significa?

– Devo indicare nel mio rapporto se i quadri erano assicurati e per quanto.

– No! Non erano assicurati. Non ci avevo ancora pensato. Non credevo che me li potessero rubare.

– Neppure io. Manca nient'altro?

– Nient'altro.

– Buongiorno. Le farò sapere.

– So già come finirà; non si disturbi troppo. Buongiorno!

Sarti Antonio, sergente, se ne va a pensare un po' a tutto quello che gli sta succedendo attorno.

Questa storia è cominciata in un casino, continua a essere un casino e se qualcuno è capace di venirne fuori è bravo!

E domani si comincia con la palestra.

E si comincia male: Sarti si presenta che tutti gli altri della squadra sono già pronti in tuta azzurra, che sembrano gli atleti della rappresentativa nazionale, un po' ingrassati. E magari sono già parecchi giorni che ci dànno dentro. Sarti Antonio, sergente, li guarda e gli viene voglia di piantare lí tutto e di andarsene a casa. Ma Raimondi Cesare, ispettore capo, gli urla:

– Allora? Cosa aspettiamo? – Non lo aveva ancora visto: è aggrappato alla spalliera svedese e sembra un prosciutto appeso in cantina. Suda. Sarti gli va vicino e dice:

– Io... veramente non mi sono portato niente: non ho la tuta. Non credevo... Ne riparliamo la prossima volta, va bene? – Quello si stacca dalla spalliera e piomba a terra. Suda e sbuffa:

– Non va bene niente, caro mio. Non va bene niente! Qui state diventando dei vecchi lardosi, dei sacchi di segatura! Ho bisogno di uomini in grado di scattare, è vero, come si dice, e non di un mucchio di grasso! – Sarti Antonio, sergente, si guarda nello specchio che sta sulla parete di fronte e non crede proprio di essere un mucchio di grasso. Ma non replica. E l'ispettore capo conclude:

– Adesso, è vero, come si dice, tu vai a spogliarti e farai quello che ti dirà il maestro. Ne hai piú bisogno di tutti.

– Non... non ho la tuta...

– Arrangiati! – Si arrampica di nuovo sulla spalliera e ritorna prosciutto.

Non c'è piú da discutere: ha detto «Arrangiati!» in un modo che non c'è piú da discutere. Cosa pensa di ricavarci?

Sarti dà un'occhiata ai colleghi che si dimenano e va nello spogliatoio: sarà un tormento! Quando rientra in palestra nessuno ha voglia di ridere perché, là dentro, ciascuno ha i suoi guai e i suoi reumatismi cui pensare: eppure Sarti Antonio, sergente, in mutande, canottiera e calzini non è da tutti i giorni.

17. Una cosa però è sicura: l'archipittoscultore è un farabutto!

Ripensandoci bene e fuori da quella puzzolente, inutile palestra, il suggerimento di Rosas può essere una pista: quando mai Rosas dice le cose tanto per dire?

Che a Vincenzo Letizia abbiano rubato i quadri può crederlo solo chi legge i giornali. E se non glieli hanno rubati, da qualche parte devono pur essere.

Sarti Antonio ne discute fra sé, a voce alta; seduto sulla strafottutissima auto 28. Felice Cantoni, non interviene. Anche perché non saprebbe cosa dire. Preferisce portare a spasso l'auto.

– Dove può averli messi quel figlio di puttana?

Sarti dice «figlio di puttana» come potrebbe dire «quel bravo architetto»; ma quel «puttana» gli fa venire in mente «casino». Sbotta:

– Andiamo a vedere! Felice! Andiamo a vedere!

– A vedere cosa?

– Al casino! Portami al casino!

Felice Cantoni, non sa da che parte possa essere, oggi come oggi, un casino. Chiede:

– Quale?

– Quanti ne conosci?

– Nessuno.

– In via dell'Unione! Portami al casino di via dell'Unione! – L'auto 28 guizza sulla strada, come una pantera. Dopo dieci minuti Felice Cantoni, agente, scarica Sarti Antonio, sergente, davanti al numero 1 di via dell'Unione: ex casino.

– Vieni anche tu?

– Vengo a fare che?

– A cercare i quadri, no?

– È vero; cerchiamo i quadri. Come entriamo?

Un questurino che si rispetti non si ferma davanti a nessuna porta chiusa, tanto meno alla porta di un casino. Cominciano a guardare, ma dei quadri non c'è traccia da nessuna parte. Visitano tutte le camere e i salotti, guardano sotto le poltroncine e i divani: niente di niente. Un altro buco nell'acqua. Stanno per uscire quando Felice Cantoni dice:

– È difficile trovare dei quadri in un casino: di solito i quadri stanno dove ci sono i pittori e i pittori stanno nelle soffitte.

– È vero. Vieni con me!

– Vengo. Dove?

Salgono di corsa le scale e all'ultimo piano c'è una botola nel soffitto.

– Devono essere lí. Come ci arrivo?

Felice Cantoni, oggi, è in vena di idee piuttosto luminose. Osserva:

– Ci vorrebbe una scala.

– È un'idea: solo che la scala non c'è. Reggimi.

– Non credo di essere in grado: ho l'ulcera...

– Reggimi e piantala! – Sarti Antonio gli monta sulle spalle, si appoggia al muro e pianta i piedi di fianco al collo. Felice Cantoni barcolla, bestemmia e sta per cadere:

– Fa' presto; fa' presto che mi tremano le gambe.

– Dovresti andare in palestra e fare un po' di ginnastica.

Il sergente spinge con le spalle e riesce ad aprire la botola: poi si issa fino alla cintura. La ribalta gli preme contro la nuca ed è piuttosto pesante. Sotto bestemmiano. Sopra bestemmia lui. Appoggia i piedi al muro e ce la fa a issarsi nel sottotetto. E li vede! Accatastati uno sull'altro, su due pile da dodici-tredici tele ogni pila.

– Quel figlio di puttana!

– Ci sono?

– Ci sono! Quel farabutto! – Guarda ancora qua e là, ma non trova altro. Basta cosí. Sarti si sporge dalla botola e sgambetta in aria come un impiccato, finché non sente, sotto le suole, le spalle di Cantoni. Alla meglio rimette i piedi sul pianerottolo; è sporco come un muratore; la bella giacca azzurra di Felice Cantoni è ridotta a un letamaio e poveraccio non riesce a pulirla, per quanto spazzoli con le mani. Continua a bestemmiare:

– Guarda qua se sono cose da fare! Me la sono messa questa mattina!

– Portala in lavanderia: pago io il conto! E smettila di rompere le balle!

– Non è questione di lavanderia o di balle... è che me la sono messa questa mattina e l'altra non è ancora pronta.

In macchina Sarti Antonio, sergente, ricomincia il rosario sottovoce:

– I quadri non erano assicurati: cosa ci guadagna a raccontare che glieli hanno rubati? Gli serve per pubblicità? Ha approfittato della visita dei ladri e ha fatto sparire anche i quadri. Ma pare che non gli abbiano rubato niente: solo i preziosi dipinti... O è un bugiardo, oltreché figlio di puttana, o non vuole far sapere cosa gli hanno fregato.

– Può anche aver ragione...

– Chi?

– Può essere che non gli hanno rubato niente. Non hanno trovato niente che valesse la pena di essere rubato...

– O non hanno trovato quello che cercavano. È la storia di Rosas. Andiamo dal signor Letizia.

Ma allo studio non lo trova: gli apre la donna dalle tette mostruose. È vestita e non sta leggendo il giornale. Sorride e dice:

– Buongiorno.

– C'è l'architetto?

– No! Oggi non è venuto: è malato.

– Buongiorno.

– Buongiorno.

Letizia è davvero malato. Cioè: è a letto e dice di avere la febbre. La moglie, Angela Scampini, gli siede a fianco.

– Cosa vuole ancora? Non ha finito di tormentarmi? Non vede che sono malato? Farò rapporto ai suoi superiori! Farò...

– Faccia, faccia! Cos'ha?

– Ho la febbre! Da quando ho lei fra i piedi, non vivo piú! Mi uccidono la suocera, mi svuotano lo studio, mi assaltano per le scale! Vuole lasciarmi in pace?

La cosa comincia a farsi interessante. Sarti Antonio, sergente, si siede sul letto e cerca di consolarlo:

– Su, non faccia cosí. Mi dica che cos'è successo ancora. Lei deve capire, architetto, che sono qui per aiutarla.

Ma quello deve avere la febbre alta e delira:

– Vada via! Vada via o chiamo la polizia! Mi lasci in pace! Non si sieda sul mio letto!

La signora Angela «ecco» Scampini prende per un braccio il sergente e lo porta in cucina. Dice:

– Deve perdonarlo: ha la febbre. Cerchi di capirlo... ecco...

– Mi spieghi lei, allora...

– È successo che ieri sera... cioè questa notte, mentre rincasava, è stato aggredito per le scale da un delinquente. È molto scosso, ecco: prima i ladri in studio, adesso il delinquente per le scale...

– Le dispiace raccontarmi tutto per bene?

Dalla camera arrivano le grida del malato:

– È andato via? Angela, è andato via?

– Sí, caro, è andato! Adesso calmati.

Parla a voce bassa in modo che il matto, a letto, non la senta:

– Ecco, è andata cosí: è entrato dal portone e il battente gli si è chiuso alle spalle. La luce non funzionava. Qualcuno gli ha piantato una lampada tascabile, accesa, in faccia e gli ha strappato il borsetto. L'aggressore, a sentir lui, aveva anche una pistola, ecco!

– Doveva avere molte mani quel delinquente: ha chiuso il portone, gli ha piantato la lampada in faccia, gli ha strappato il borsetto, gli ha puntato la pistola... e con l'altra?

– Con l'altra cosa?

Angela «ecco» non ha capito la finezza: è inutile stare a spiegargliela. Sarti brontola:

– Niente, vada avanti...

– Tutto qui: adesso è molto scosso e può essersi anche sbagliato nel raccontare. Il medico ha detto di lasciarlo riposare.

– Perché non avete avvertito la polizia?

– Non ha voluto, ecco: non c'è stato modo di

convincerlo! Dice che tanto è inutile, che è come per mia madre, che tanto non si risolve niente... che i suoi guai sono cominciati quando è arrivato lei! Poi, non gli hanno rubato niente.

– Niente?

– È proprio cosí! Sembra incredibile, ecco: hanno rovistato nel borsetto, hanno sparso tutto per le scale, gli hanno frugato in tasca e se ne sono andati. E non gli hanno preso niente.

È veramente il colmo: adesso l'egregio architetto deve raccontare quello che sa, se non vuole finire dentro, almeno per simulazione di reato. Sarti va in camera, si siede di nuovo sul letto e cerca di essere il piú gentile possibile:

– Caro architetto, adesso mi deve dire cosa cercano da lei. Cosa vogliono. Non è possibile che quello che sta succedendo sia casuale. Bisogna che lei si decida!

– Cosa vuole ancora? Vada via! Vada via o grido! Aiuto! Aiuto!

– Sta' calmo, caro. Il sergente cerca solo di aiutarti... – Angela «ecco» lo coccola un po' e quello smette di starnazzare. Adesso si mette a piangere...

– Non lo so! Non capisco piú niente. Cosa vogliono da me?

– Sono io che lo chiedo a lei: cosa cercano? Cosa nasconde?

– Se le dico che non lo so! Mi sembra di stare in manicomio... – Vincenzo Letizia piange forte, come un bambino; non ci si cava piú niente e Sarti Antonio, se ne torna di dove è venuto con un problema in piú da risolvere: quello dell'aggressione. Ammesso che ci sia stata un'aggressione, visto il tipo col quale si ha a che fare... Quando racconta l'ultima a Rosas, quello è felice: non si capisce perché, ma è felice. Dice:

– È proprio come dicevo io: due piú due, quattro.

Sarti Antonio, sergente, sarà un minorato mentale, io sarò un ritardato (di voi non posso dire perché, magari, avete già capito tutto, come Rosas), ma non è proprio il caso di essere felici.

– Un accidente che ti pigli! Vuoi dirmi cos'è che fa quattro?

– Due piú due! – Rosas lo prende per il braccio e lo porta a spasso sotto i portici di Santa Caterina, al sole. Dice:

– È chiaro, no? Cos'è che manca in questa storia?

– Quasi niente. Mancano solo un assassino, un ladro, un delinquente che assalta la gente per le scale di casa, quattro individui che si sono volatilizzati... E se vuoi, posso continuare!

– Voglio dire: prova a ripensare a tutto e dimmi quali sono le cose che non si trovano e che magari sta proprio cercando l'assassino –. Sarti Antonio, sergente, cerca di radunare le idee e per farlo deve ragionare a voce alta. Si fa passare davanti agli occhi gli avvenimenti. Dice:

– Mancano cinquecentottantamila lire, una busta bianca che forse le conteneva, manca una cartolina-invito del Comune. Nient'altro.

– Manca ancora una cosa: una cassetta di canzoni registrate...

– E allora?

– Le cinquecentottantamila lire saranno da qualche parte, assieme alla busta, ma non credo che siano importanti. Credo invece che qualcuno stia cercando la cartolina-invito del Comune e che questo qualcuno supponga che sia in mano dell'architetto. Ma pare che finora non l'abbia trovata.

Intanto sono arrivati in piazza Maggiore. Rosas si siede sui gradini del palazzo del Podestà: c'è il sole, su quei gradini, dalle nove del mattino fino al tramonto.

Rosas spiega una pianta che sembra un lenzuolo: c'è tutto il centro storico, con una serie di tratteggi, di colori, simboli, da non capire piú niente. Dice, seguendo i disegni col dito:

– Via dell'Unione. Questo è il numero 1 e questo il numero 31.

– È la pianta che stava attaccata alla cartolina-invito della vecchia... Dove l'hai trovata?

– Non è la stessa. Le vendono all'Ufficio tecnico del Comune. Questo è il centro storico... Il piano regolatore per il centro storico.

– Parla chiaro in modo che possa capire...

– Qui sono indicati gli interventi edilizi permessi nel centro storico. I fabbricati con il tratteggio non possono essere demoliti, in quelli scuri si può solo fare la manutenzione, quelli colorati sono monumenti importanti e niente da fare, nei quadrettati c'è il vincolo conservativo e questi neri sono soggetti all'esproprio da parte del Comune. In quelli senza simbologia si può intervenire in qualsiasi modo. Cioè, puoi demolirli o ricostruirli come piace a te. Ora, in via dell'Unione tutti i fabbricati sono neri e quindi devono essere espropriati dal Comune che li demolirà e li ricostruirà per la cosiddetta ristrutturazione del centro storico. Una cosa molto importante, dicono. Una volta ricostruiti i fabbricati, il Comune li affitterà a un prezzo equo a tutti quelli che vi abitano adesso. Solo che, una volta ricostruiti, saranno case come si deve e non le topaie puzzolenti e senza cesso come quella dove abito io. Adesso sono le undici e al palazzo comunale i tecnici possono ricevere il pubblico. Io direi di chiedere notizie sul piano.

– Andiamo.

Polacchi Franco, impeccabile, è a disposizione dei cittadini dalle undici alle tredici di tutti i martedí e venerdí.

Saluta Sarti Antonio con un largo sorriso, e lo fa sedere. Chiede:

– Un collega? – e accenna a Rosas. Sarti Antonio, sergente, alza le spalle e non dice né sí né no.

– Che novità, caro sergente?

– È un casino: ogni giorno che passa le cose si complicano. Fai vedere il piano –. Rosas stende la pianta-lenzuolo sul tavolo. Il Polacchi Franco, sorride:

– Lo conosco: è il piano per il centro storico.

– Vorrei sapere se è a disposizione del pubblico.

– Certamente: il piano è regolarmente approvato e quindi a disposizione dei cittadini che possono prenderne visione, controllarlo, discuterlo eccetera...

– Quindi l'architetto Letizia lo conosce?

– Lui prima degli altri. Ha seguito, in qualità di tecnico, tutte le fasi di studio fino all'elaborato finale. Come del resto anche gli altri liberi professionisti seri della città –. Rosas non ha ancora aperto bocca, ma quando lo fa, Sarti Antonio, sergente, gliela tapperebbe volentieri. Perché dice:

– Vincenzo Letizia non è un libero professionista serio.

Polacchi Franco non è abituato a simili apprezzamenti sui tecnici e domanda:

– Cosa glielo fa credere? – Ha un tono un po'

seccato: un poliziotto non può fare apprezzamenti su un architetto. Rosas non ci fa caso e risponde:

– Il fatto che simuli il furto dei suoi quadri e vada a nasconderli nel solaio dell'ex casa di tolleranza. Mi pare che da un tipo simile ci si possa aspettare poca serietà professionale –. Polacchi Franco spalanca gli occhi:

– Cosa mi dice?

Sarti Antonio, sergente, appena fuori, cercherà di spaccare la faccia a quel brutto essere miope e mezzo suonato di Rosas. Per il momento si limita a dire:

– Scherza! Sta facendo dell'umorismo. L'architetto Vincenzo Letizia, è una degnissima persona.

Prende per la manica Rosas e se lo trascina in piazza Maggiore, dopo aver salutato distintamente il distintissimo tecnico comunale Polacchi Franco.

– Io penso che tu non sia del tutto normale! E penso di essere ancora piú scemo di te perché ti parlo dei miei affari! Penso che sarebbe un bene, per la società, se qualcuno decidesse di farti ricoverare in una casa di cura per malattie mentali! Io penso che tu sei tutto cretino!

Il sergente urla, in piazza Maggiore, e i passanti si fermano ad aspettare il seguito.

– Cosa significano quei discorsi? Chi ti ha autorizzato a farli? Cosa ti è saltato in mente?

Poi la smette perché il pubblico è già troppo numeroso e non ha nessuna voglia di continuare lo spettacolo.

Volta la schiena a Rosas e lo lascia in mezzo alla piazza, sotto gli occhi di quelli che avevano fatto cerchio e che adesso non sanno piú chi seguire: se Sarti Antonio, sergente che se ne va, o Rosas che resta a godersi il sole, come se quello che è successo non lo riguardasse.

Io seguo Sarti Antonio, sergente, perché sono curioso di sapere come andrà a finire.

E faccio un cenno al pubblico come per dire che sono un po' suonati tutti due.

18. Un'ombra furtiva piuttosto maleducata

Fra poco Sarti Antonio, sergente, si troverà Rosas anche nell'insalata.

Per il momento se lo trova seduto sui gradini di casa, di fianco alla porta, sorridente come la mattina in piazza Maggiore.

– Cosa vuoi?

– Prendiamo un caffè assieme? – Sarti lo fa entrare senza una parola e si mette a tavola. Un po' d'insalata, un paio di fettine di formaggio e una bottiglia di vino.

– Vuoi qualcosa? Hai mangiato?

– No, non voglio niente: solo un caffè quando hai finito. Di sera meglio stare leggeri.

Lo guarda mentre mangia e fischietta in sordina, il capo appoggiato alle mani e i gomiti appoggiati al tavolo.

– Allora? – Rosas non gli risponde: continua la sinfonia per fischio solista. Al caffè smette e sorseggia la sua tazza. Fuori è già buio. Quando ha finito, Sarti torna a chiedergli:

– E allora?

– Andiamo a vedere i quadri «rubati».

– Adesso?

– E perché no?

– Sei proprio suonato! Adesso io vado a dormire.

Rosas si alza e si stiracchia. Dice:

– Peccato! Forse nei quadri «rubati» c'è quello che stanno cercando... Peccato. Buonanotte!

– Andiamo. Tu hai il potere di indisporre la gente, ti pigliasse un colpo!

– Perché? – Inutile continuare il discorso.

Sull'ottoecinquanta fino in via San Vitale, poi a piedi fino in via dell'Unione. Non c'è nessuno in giro e possono entrare tranquillamente, senza dare nell'occhio.

Accendono la luce e cominciano a salire le scale. Di colpo la luce se ne va. I due rimangono inchiodati, come salami, a mezza scala.

– Cristo, chi ci vede qui?

Dopo un attimo gli occhi si abituano e dal lucernario, in cima alle scale, filtra un po' di luce. Poca.

Quanto basta per scorgere una sagoma, un'ombra furtiva, che sta scendendo le scale. Sarti Antonio, sergente, urla:

– Accendi un cerino.

– Non fumo!

– Chi è là? Fermo! – Vorrebbe aggiungere qualche altra cosa, ma l'ombra furtiva lo travolge e lo fa ruzzolare dalle scale fino al pianerottolo. Sarti bestemmia e cerca di afferrare qualcosa dell'ombra furtiva che gli scivola a fianco, ma quella lo calpesta come uno stuoino e scende fino al piano terreno, quasi ci vedesse come un gatto. Sbatte la porta nel preciso momento in cui Sarti Antonio, sergente, riesce ad alzarsi, pesto e indolenzito (fra l'altro ha sbattuto la testa nei ferri della ringhiera e sta sanguinando) e cerca di scendere attaccandosi alla ringhiera. Rosas, nell'ombra, ridacchia come se la cosa lo divertisse. E credo proprio che sia cosí: si sta divertendo, quel figlio di buona donna.

Quando Sarti Antonio, sergente, mette piede nella strada, dell'ombra furtiva neppure l'ombra. Non gli resta che asciugarsi il sangue che gli cola dalla fronte e andare all'ottoecinquanta a prendere la torcia elettrica.

Rientra e trova il Rosas seduto su una poltroncina del salotto al piano terra. Ride ancora, il maledetto!

Adesso Sarti Antonio, sergente, è tutto un dolore; si tiene la testa e si massaggia un ginocchio, ma dovrebbe massaggiarsi un po' dappertutto.

– Cristo, che botta! Quel... quel... Cristo, che botta! Ma come ha fatto a spegnere le luci?

– Basta strappare i fili da un interruttore e fare corto circuito. Vieni, sergente, fammi luce.

Salgono di nuovo i gradini e trovano i fili di un interruttore strappati (l'impianto è tutto esterno). Rosas li sistema e scende a pianterreno: le valvole sono saltate e lui sistema anche quelle con un filo volante. Torna la luce, la buona, la bella, la cara luce! E Rosas può rendersi conto dello stato di Sarti Antonio, sergente: è pietoso.

– Vieni –. Gli lava il sangue sulla fronte e cerca di tamponarlo alla meglio, ma è messo male.

– Lascia stare: basta cosí –. Sarti si annoda il fazzoletto alla fronte, come ai bei tempi di Meazza e Schiavio. Dice:

– E adesso?

– Andiamo a vedere i quadri «rubati» –. Salgono per la terza volta: all'ultimo piano, appoggiata al muro, c'è una scala e quindi non è necessario montare sulle spalle di nessuno per arrivare in solaio. Sarti Antonio, sergente, gira il raggio della torcia:

non c'è piú un quadro che possa chiamarsi quadro. È un massacro: le cornici spezzate, i vetri rotti, le tele squarciate. Un brutto colpo per il pittore.

Seduti sulle poltroncine rosse, nel salottino dell'ex casino, i due si guardano in faccia senza parlare. Sarti Antonio, sergente, ripete, per la millesima volta:

– E adesso?

– Andiamo a letto. Domattina ho un esame...

Tutto qui. Rosas non ha nient'altro da dire. Lo ha trascinato fin lí, di notte, per poco non ci rimette la pelle, in solaio c'è un massacro di quadri e adesso gli dice: «Domattina ho un esame». Non so come si possa stare calmi. Io non ce la farei. Sarti Antonio ce la fa: dev'essere il dolore.

Rosas non apre bocca. Da prenderlo a calci nel culo! Sarti Antonio, sergente, è svuotato e non parla: si alza, spegne la luce ed esce. Rosas dice:

– Guido io: siediti di fianco.

Sarti Antonio si tiene la testa con le mani perché il dolore si fa sempre piú vivo. Rosas lo aiuta a salire le scale, lo mette a letto, lo copre. Gli spegne anche la luce e dice:

– Buonanotte. La macchina te la riporto domani, va bene?

Il sergente mugola qualcosa perché anche il solo muovere le labbra gli fa male. Chiude gli occhi.

– Grazie. Dammi retta, sergente, quando ti sentirai meglio e avrai voglia di ricominciare, perché non provi a trovare l'altra cosa che manca in tutta la faccenda?

Sarti Antonio fa uno sforzo tremendo, apre la bocca piú che può e chiede: – Cosa devo cercare?

Sempre dal buio, Rosas risponde: – Non ti capisco: parla piú forte.

Un altro sforzo. – Cosa devo cercare?

– Il nastro. La musicassetta che stava nella scatola vuota, per terra, vicino al cadavere della cara, dolce vecchietta.

Sottovoce, piano per non soffrire, Sarti dichiara al mondo: – Chi se ne frega.

– Non ti capisco: parla piú forte.

– Chi se ne frega! Erano canzoncine d'amore: chi se ne frega!

– Appunto, chi se ne frega. Erano canzoncine d'amore ma non si trovano piú. Dove saranno finite? – E Rosas toglie il disturbo, questa volta sul serio e definitivamente.

Sarti Antonio, sergente, dorme male: sarà il dolore o saranno gli incubi che gli tormentano il sonno. Il piú brutto: Andrea Pappalardo, immenso, deforme, con un martello in mano (ma forse è una mazza) lo rincorre e tenta di colpirlo sulla testa. Proprio sulla nuca, come la cara, dolce vecchietta. Per colmo d'incubo, mentre lo rincorre, gli sussurra o gli urla nelle orecchie le sue «piú belle canzoni d'amore».

Quando si sveglia il sergente sta peggio di quando si è messo a letto: non riesce neppure ad alzarsi perché, se solo ci prova, rischia di cadere lungo disteso sul pavimento. Sembra che sia stato travolto da un carro armato.

Provo a preparargli un caffè, ma so già cosa mi dirà:

– Fa schifo –. Difatti lo dice, però lo beve ugualmente. Anche perché io non so fare di meglio e si deve accontentare di quello che passa il convento.

Lo trovo, davanti allo specchio a studiarsi la ferita sulla fronte e a borbottare:

– ...E se gli metto le mani addosso, gli lascio un segno che se lo ricorda per un pezzo! Guarda che roba! Mi resterà la cicatrice fino alla tomba... Ma ci arrivo! Oh, se ci arrivo!

Si appiccica un cerotto che gli copre tutta la fronte e cerca di infilarsi i pantaloni reggendosi la testa con una mano.

Quando l'agente Felice Cantoni suona dalla strada, Sarti è quasi pronto e può scendere le scale, traballando e lamentandosi. E per le scale incrocia la grassona bionda della porta accanto che sale, carica di spesa. Lei sfodera il solito radioso sorriso che però le muore sulle labbra non appena riesce a metterlo a fuoco:

– Dio santo, signor Sarti! Cos'è successo? Ha bisogno di una mano? Vuole che l'aiuti?... – E gli si strofina contro lasciando rotolare giú per i gradini un chilo e mezzo di arance appena comperate. Ma la piú grossa preferisce direttamente la tromba delle scale e finisce sulla testa di Felice Cantoni, agente, che da basso si è appena tolto il berretto d'ordinanza. Le bestemmie che gli esplodono nel cervello le conosce solo lui; il succo appiccicoso e giallo gli scende lungo il collo e finisce sulla giacca:

– Puttana! Un'altra giacca rovinata! Puttana! Qui fate apposta a rovinarmi le giacche! Dopo la sinfonia di mia moglie l'altro ieri... Adesso chi la fa tacere quella!

Sarti Antonio, sergente, ha il suo da fare con la grassona bionda:

– Non è niente! Non è niente le dico! – Ma quella vuole per forza aiutarlo:

– Ho detto che non è niente!

– Mamma santa, com'è conciato! E lei non mi

dice niente, non mi avverte. Magari aveva bisogno di aiuto...

Quella andrebbe avanti chissà quanto se Sarti Antonio, sergente, non tagliasse corto:

– Mi lasci andare! Ho detto che non è niente! – Solo che, nell'urlo, ha teso i muscoli del collo e il dolore gli si ripercuote fino alla radice dei capelli. Per poco non sviene: vacilla.

– Ma lei sta molto male. Agente! Signor agente! – Felice Cantoni, agente, lascia perdere con il succo d'arancia e strepita, dal basso:

– Cosa c'è ancora?

– Mi aiuti! Il signor Sarti sta male!

– Puttana! – Cantoni sale le scale di corsa e fa appena in tempo ad aprire le braccia per ricevere Sarti Antonio, sergente, che si è svincolato dalla presa della grassona bionda.

– Andiamo via! Andiamo via di qui prima che io... Quella è matta! – Sull'auto 28 può appoggiarsi allo schienale e rilassarsi. Felice Cantoni lo guarda, mentre guida, ma non chiede, per ora. Sa che non è il momento. Dice solo:

– Dove? – e si infila un fazzoletto pulito fra il colletto della giacca e il collo sporco di succo.

– In via Irnerio, dall'architetto.

Vincenzo Letizia sta meglio: è alzato e si accinge a prendere una tazzina di caffè, una spremuta d'arancia dello stesso colore del bavero di Felice Cantoni e quattro fettine imburrate. Non ha piú febbre. Sarti Antonio, sergente, non ha tempo da perdere: sente di essere vicino, molto vicino alla conclusione. Lo aggredisce:

– Perché ha distrutto i quadri? Cosa faceva stanotte nell'ex casino? Dov'è la musicassetta di Pappalardo? Dov'è la cartolina-invito del Comune?

Quello gli spalanca due occhi cosí: sembra che non abbia capito bene. Balbetta:

– Quali quadri?

– Non faccia lo spiritoso: non è la mattina adatta! Sto male!

– Lo vedo: cos'è successo?

– Mi ha travolto lei per le scale di quel fottutissimo casino! Non faccia lo spiritoso! Perché ha distrutto i quadri?

– Io... non riesco a capire!

– I quadri che lei aveva nascosto nella soffitta! Non faccia lo spiritoso!

– Lei... lei... li ha trovati?

– Li avevo trovati! Adesso sono un ammasso di rottami.

Se l'architetto Vincenzo Letizia finge, finge bene: si affloscia sulla sedia come un pupazzo di plastica gonfiato al quale hanno tolto il tappo. Dalle labbra gli esce un sospiro sibilante che accresce l'illusione:

– I miei quadri distrutti... Oddio! È la fine! – Da un momento all'altro gli tornerà la febbre. Sarti Antonio, sergente, non ha pietà:

– Cosí lei non sa niente! Lei non era in via dell'Unione questa notte? – Angela Scampini cerca di far vento al consorte con un tovagliolino di carta. Esclama:

– Ma se non si è mosso dal letto! Ma se è malato! Ecco...

– Gli chieda allora perché ha detto di essere stato derubato dei quadri e invece li aveva nascosti! Lo sa cos'è questo? Simulazione di reato: da sei mesi a tre anni di reclusione.

Vincenzo Letizia sta riprendendo fiato:

– Ho detto... ho pensato che poteva essere utile come pubblicità. Visto che non avevano rubato niente, ho creduto... Oddio, i miei quadri! – L'architetto ripiomba nella semincoscienza dell'infelicità.

– La musicassetta di Andrea Pappalardo dov'è?

– Non lo... non abbiamo musicassette. Ecco, noi non abbiamo neppure il registratore!

– E allora, con cosa ascoltava *Le piú belle canzoni d'amore* la cara, dolce vecchietta di sua madre?

– Ecco, mia mamma sí: a lei piacevano molto le canzoni...

– E comperava le musicassette! Quella di Pappalardo dov'è finita?

– Sarà in camera sua, fra le altre...

– Ho guardato l'altra volta: non c'è! Dov'è finita?

– Ecco... io... Ecco, io non lo so proprio: lo imparo adesso –. E si mette a piangere. È il turno di Vincenzo Letizia di consolare la consorte.

– Peggio per voi! – Sarti va a piantarsi sotto il naso dell'architetto:

– Voglio la cartolina-invito del Comune con la pianta del centro storico! Non mi dica che non sa dov'è...

– Quella roba? È nel mio ufficio!

– Perché l'ha tenuta nascosta?

– Non l'ho nascosta: volevo solo andare in Comune a chiedere di cosa si trattava e perché avevano convocato mia suocera... Non l'ho nascosta.

– Perché non l'ha detto prima?

– Lei... lei non me lo ha mai chiesto.

– Peggio per voi! – Sarti se ne va sbattendo la porta. Dice a Felice Cantoni:

– Allo studio di questo... di questo architetto.

Di corsa! – Entra appena la donna dalle tette mostruose gli apre la porta e comincia a buttare all'aria tutto:

– Dov'è? Si può sapere dov'è? – La donna lo lascia fare per un pezzo, poi gli si avvicina. Domanda:

– Posso esserle utile?

– Spogliati! – Quella deve esserci abituata perché non batte ciglio e comincia a spogliarsi a partire dalle scarpe. Sarti Antonio, sergente, le rivolta gli abiti, man mano che quella se li toglie:

– Niente! Niente! – Nuda è proprio un fenomeno: sono sicuro che in un baraccone da fiera potrebbe fare soldi come la donna ragno, la donna cannone e la donna sirena. Potrebbe essere la donna tettona.

Sarti Antonio, sergente, le butta in faccia gli abiti:

– Dov'è la cartolina-invito del Comune con la pianta del centro storico?

– Ah, quella?

– Sí, quella! Dov'è?

– Nella mia borsetta. Perché non le chiede le cose?

Il sergente rimane di sasso; è nel posto piú semplice, ovvio: nella borsetta della segretaria. Ecco perché il ladro non l'ha trovata nello studio, non l'ha trovata nel borsetto di Vincenzo Letizia, e non l'ha trovata nascosta nei quadri.

Sarti Antonio siede, si rilassa, respira forte, quel tanto che gli consente la ferita sulla fronte, poi chiede:

– Perché l'hai tu?

– Dovevo passare dall'Ufficio tecnico comunale per chiedere notizie, poi, con tutti i guai che sono successi, non l'ho fatto e me ne sono dimenticata...

– Dammela!

La tettona fruga nella borsetta; fruga ancora e diventa scura. Dice:

– Non c'è piú!

– Non è vero! Voi volete farmi diventare matto! – Sarti corre alla finestra e chiama:

– Cantoni! Cantoni! Vieni su.

Quando Felice Cantoni entra, rimane di pietra sulla soglia, non per il casino che c'è in giro: per la donna nuda con le tette mostruose al vento. Mormora fra sé:

– Dio, che roba!

– Picchiala! – Felice Cantoni, agente, non ha capito bene. Domanda:

– Come?

– Picchiala! Picchiala perché io non ce la faccio!

– Picchio... lei?

– E chi? Me?

– Ma... ma è contro il regolamento! Io non...

La donna, nuda, urla come una sirena:

– Aaahhh! Adesso ricordo: ho cambiato la borsetta.

Sarti Antonio si alza a fatica, le butta gli abiti che erano finiti a terra e dice: – Andiamo a prendere la borsetta.

Vanno a casa della segretaria, a sirene spiegate che tutti si tirano di lato. Arrivano, salgono, aprono, richiudono, cercano, trovano e aprono la borsetta: tutti assieme! A sei mani: un casino!

– Eccola! – Sarti Antonio, sergente, se la gira fra le mani e spera che non gli sparisca di sotto gli occhi. Non ci trova niente di strano e niente di strano trova nella pianta del centro storico se non i soliti simboli, tratteggi, colori e via dicendo che ormai ha già visto troppe volte. Infila tutto nella tasca interna della giacca. Domanda:

– Conosci Andrea Pappalardo?

– No! Chi è?

– Un cantante: *Le piú belle canzoni d'amore*.

– Mai sentito. Posso tornare in ufficio? – Sarti Antonio, sergente, se ne va senza rispondere. Non ha ancora capito niente. E neppure io. Non resta che andare a sentire quel fottutissimo nastro. E Sarti ci va. Anzi, ci andiamo, perché adesso sono proprio curioso di sapere come finiranno le cose.

Ragazzi: una lagna! Posso capire che i gusti sono gusti, ma quella è una lagna. E Sarti Antonio, sergente, ha il coraggio di passare tutto il nastro due volte: parte prima e parte seconda. La ragazza del negozio è visibilmente scocciata e si calma solo quando Sarti Antonio, sergente, le mostra la tessera e le spiega:

– Non mi diverto: sono in servizio!

Quella non capisce che razza di servizio, ma lascia finire il nastro per la seconda volta.

Ce ne andiamo, io, Felice e Sarti, completamente suonati: ci vuole una buona nottata di sonno, senza incubi e senza Pappalardo.

19. Un ultimo bacio d'amor...

Il risveglio è il solito risveglio dei miei due. Almeno per me. Per Sarti Antonio, sergente, è meglio, anche se è provocato dallo squillo del telefono.

– Ciao, sono Antonietta.

Sente una stretta nello stomaco: Antonietta gli è sempre rimasta addosso. Chiede:

– Che ore sono?

– Le dieci: stavi a letto?

– No. È un po' che non ti fai viva... Credevo di non essere piú nel tuo calendario.

– Lo so, mi dispiace.

Sarti Antonio cerca di essere distante, ma non sa se ci riesce bene:

– Oppure lui è tornato e io non ti servo piú?

– Volevo notizie...

– Mi chiami solo per le notizie? Non ne ho!

C'è un po' di silenzio dall'altra parte. Poi:

– Non è vero! Volevo anche venire a trovarti: è domenica e possiamo stare assieme, se vuoi.

– Voglio: però non parliamo di lui...

– D'accordo. Dove?

– Vengo da te... – Non lo fa finire; lo interrompe, violenta:

– No, no! Vengo io. Da te è meglio –. Riattacca senza dire altro. Arriva verso mezzogiorno e rimane male quando vede il cerotto sulla fronte di Sarti Antonio. S'informa:

– Cos'è stato?

– Il mio mestiere di merda! Adesso va meglio. Come mai non ti sei fatta sentire?

– Ho avuto molto da fare... – Antonietta è profumata, è bella, è fresca, è donna come sempre e Sarti Antonio, sergente, darebbe un po' del suo stipendio perché non parlasse di Gastone Grossi. Anche perché non saprebbe cosa risponderle. E lei non ne parla. Cosí potrebbe essere una di quelle giornate che si ricordano a lungo... Piena di calma, di calore, di tenerezza.

Ha l'impressione di essere sempre stato con lei; ha l'impressione di averla sempre conosciuta; ha l'impressione di sapere tutto di lei; ha l'impressione di non doverla mai vedere andar via; ha l'impressione di essere felice...

Almeno per il tempo che le sta vicino.

Torna indietro di anni. Quanti? Tutti quelli che pensava lo separassero da oggi; ma non era vero. Perché sente spuntare dentro (non capisce bene dove) quello che era morto da troppo tempo. Lei non è presa a prestito: è stabile, sua.

E lui può chiudere gli occhi e vivere una vita passata che però è rimasta da qualche parte.

Come aprire un sogno e ricordarsi di averlo già vissuto.

– Ti voglio bene.

Non significa niente.

– Anch'io!

Non significa niente. Poi:

– Ti ricordi di me?

– Di te, quando?

– Non lo so! Una volta...

Non significa niente.

– Credo di ricordarmi. Era un giorno come oggi, ma non era qui... – Possibile che non significhi niente?

Si perde nel passato dei suoi capelli, con il viso, con l'anima... Quando se ne va (è sera), ha l'impressione che non potrà mai piú risentirla tremare vicino a lui: appoggiata alla porta, già pronta per uscire, è lei che gli sfiora le labbra con le sue, chiuse. Sottovoce:

– Addio –. Sulle guance, sugli occhi, sul collo, sulla bocca, è un lungo, delicato, tenerissimo addio.

20. Un breve riepilogo...

A questo punto non gli resta che dare le dimissioni da sergente di polizia.

Ha raccontato tutto a Rosas e adesso aspetta il resto da lui; sa che deve venire: Rosas è fatto cosí e non può deluderlo. Ma quello continua col suo fischio e con gli occhi chiusi, dietro le lenti. Finalmente alza la testa e parla. Dice l'oracolo:

– Vediamo il riepilogo: il cadavere, prima di diventare tale, aveva in mano una busta che, supponiamo, conteneva le cinquecentottantamila lire da consegnare a qualcuno. «Qualcuno» arriva, colpisce la vecchia alla testa finché non sopraggiunge la morte, e intasca i soldi. Vuota il contenuto della borsetta per terra in cerca di qualcosa: non dei soldi, dal momento che li aveva già. Poi se ne va portandosi via i soldi e una musicassetta. Non la scatola esterna: solo il nastro registrato. Tu trovi, a casa dalla vecchia, una cartolina-invito del Comune e una pianta del centro storico...

– Ecco il tutto! – Rosas si alza e da un libro prende qualcosa che tende a Sarti Antonio, sergente e dice:

– Guarda –. Consegna una cartolina-invito. Sarti Antonio guarda la sua e guarda quella che Rosas gli ha consegnato:

– Sono diverse, – fa notare Rosas. Sarti le guarda. Conferma:

– Sono diverse: in quella di Imelde Scampini c'è il francobollo. Nella tua c'è un timbro del Comune e non il francobollo.

– Infatti! La mia l'ha spedita il Comune, quella di Imelde Scampini l'ha spedita «qualcuno» facendo credere che la spedisse il Comune. Ecco perché nella pratica che tu hai visto all'Ufficio tecnico, da Polacchi, c'è un appunto sulla spedizione di una sola cartolina-invito. Cartolina-invito che risale a piú di due anni fa: quando cioè l'Ufficio tecnico stava predisponendosi allo studio del centro storico. Questa porta la data di una settimana prima della morte della vecchia...

– Qui c'è il timbro di Polacchi...

– Non vuol dire; chiunque può timbrare «geom. Polacchi Franco»; anche l'architetto Vincenzo Letizia, anche Loriano Macchiavelli, scrittore di teatro e di gialli, anche Angela Scampini... Tu sei stato nel suo ufficio, solo, per piú di un'ora e hai potuto frugare qua e là senza che nessuno ti dicesse niente. Di positivo c'è che «qualcuno» ha tentato in tutti i modi di riavere questo materiale. E per farlo ha messo sottosopra lo studio di Vincenzo Letizia, lo ha assalito, ha distrutto i quadri in soffitta... «Qualcuno» ha cercato la cartolina-invito e la pianta dappertutto salvo che a casa di Imelde Scampini, dove era logico che la si cercasse. Chi sapeva che di là era sparita?

A Sarti Antonio, sergente, brillano gli occhi. Crede di aver capito. (Io no). Sorride e risponde:

– «Qualcuno» lo sapeva.

– Bene, quel qualcuno sapeva anche che la cartolina-invito e la pianta del centro storico potevano essere nello studio o nel borsetto di Letizia. E per giunta sapeva che i quadri erano nascosti nel solaio dell'ex casino.

Sarti Antonio, sergente, rimugina per un po'. Poi domanda: – Ma a che scopo? E perché far fuori la vecchia?

Rosas gli apre sotto il naso la pianta del centro storico che era con la cartolina-invito, poi va a prendere l'altra, quella che gli aveva già mostrato qualche giorno prima. Dice:

– Sono diverse.

Sarti Antonio, sergente, non ci capisce molto in quel casino di simboli che gli sembrano tutti uguali. Rosas gli indica via dell'Unione e Sarti Antonio, sergente, trova la differenza: in una pianta (quella di Rosas) tutti i fabbricati di via dell'Unione sono colorati in nero; nell'altra (quella della vecchia) ci sono due fabbricati bianchi. Rosas ricomincia:

– Bene: i due fabbricati bianchi sono il numero 1 e il numero 31... Significa che non sono soggetti a esproprio. Gli unici due stabili della via. Il proprietario possiede una fortuna...

– L'architetto Vincenzo Letizia possiede una fortuna! – Ma Rosas non ha finito. Continua:

– Sí. Solo che questa pianta è falsa: l'autentica, quella approvata, è l'altra. «Qualcuno» ha fatto vedere alla vecchia una pianta dove i suoi fabbricati non venivano espropriati...

Sarti Antonio, sergente, crede di aver capito e beato lui! Magari avete capito anche voi; per quello che mi riguarda, non mi resta che continuare a seguirlo per vedere la fine. Sarti si alza ed esclama:

– È tutto chiaro! E credo anche di sapere dove sono nascosti i quattro barboni che hanno tagliato la corda dalla cripta del teatro –. Se ne va.

Per prima cosa passa dal *Sanleonardo* e ci trova quello dei gialli. Gli dice:

– Vieni con me, bello! Il capo ha qualcosa da chiederti!

Escono e fa sedere il tipo di fianco a Felice Cantoni, sull'auto 28. Poi prende il microfono:

– Auto 28 a centrale! Mandate un'auto in via San Vitale 63, al teatro *Sanleonardo*: urgente. Aspetto qui. Intanto fammi parlare coll'ispettore capo Raimondi –. Passano alcuni minuti:

– Qui Raimondi Cesare!

– Non si muova dall'ufficio. Le porto il pollo. Arrivo! – Stacca: tre minuti e arriva l'auto 36 con due agenti a bordo, a tutta sirena. Sarti urla, dal finestrino della 28:

– Venitemi dietro! – E a Felice Cantoni: – In via Irnerio. Da Vincenzo Letizia.

L'auto 28 fa un altro carico: Vincenzo Letizia e signora. E sono tre.

– A casa mia! – L'agente Felice Cantoni non batte ciglio. Non ci capisce niente, ma non batte ciglio. Esegue. A casa sua Sarti Antonio, sergente, prima di saltare sull'ottoecinquanta urla ancora:

– Venitemi dietro –. È su di giri come poche volte lo è stato ed è deciso a chiudere tutta la storia prima di sera. Niente morsi di colite; niente voglia di gabinetto...

Arriva da Antonietta Carioli e sale le scale di corsa. Suona:

– Ciao –. Quella è molto sorpresa e direi che è anche un po' spaventata. Infatti diventa rossa. Dice:

– Esco subito, aspettami qui! – Sarti non l'ascolta: la spinge da parte ed entra.

Li trova tutti e quattro seduti davanti al televisore acceso: Italia-Argentina. Dice:

– Mi dispiace, ma dovete leggere il risultato sul giornale di domani. Andiamo!

Nessuno fiata: anche perché gli agenti sono in tre e armati. Il tono di Sarti è deciso e non c'è da replicare. I quattro passano, uno dopo l'altro, davanti ad Antonietta Carioli, ancora impietrita sulla porta. Sarti Antonio le dice:

– Ecco perché non hai voluto che venissi io da te! Ecco perché hai tagliato corto, al telefono: «No, no! Vengo io. Da te è meglio...» e hai attaccato, senza neppure aspettare che io dicessi «Va bene». Ecco perché ogni tanto ti facevi viva: ti andava di sapere in che acque stavo io, a che punto erano le ricerche e se potevano ancora dormire tranquilli, i tuoi quattro barboni! Nasconderli da te è stata una buona idea: non mi sarei mai sognato di venire a cercarli qui se tu non fossi stata cosí precipitosa –. Aspetta un attimo, la guarda bene in faccia. E conclude:

– Vieni con me anche tu!

In auto: e fanno otto. Sono sbalordito per tutto il movimento, e pare che non sia ancora finita:

– Palazzo del Comune! – Via di nuovo col carosello. È ridicolo: un'ottoecinquanta fra due pantere a sirena spiegata. Una strana processione.

Di corsa per lo scalone del Comune, poi l'ufficio di Polacchi:

– Gradirei che lei venisse con me per confermare un paio di notizie al mio capo. Le dispiace? Dopo non le darò piú nessun fastidio –. Quello è sempre elegante come il primo giorno, parla con la voce impostata, da attore, con la esse dolce, per niente emiliana. Dice:

– Devo chiedere il permesso ai miei superiori –. Se ne va dall'ufficio e lascia solo Sarti Antonio, sergente, che, per ingannare il tempo, sfoglia un po' di pratiche, apre qualche cassetto e controlla qua e là: la mania delle indagini non lo lascia mai. Polacchi Franco ritorna, sorridente, e dice:

– Andiamo pure, sono a sua disposizione.

Sarti lo fa salire sull'ottoecinquanta: un riguardo. Non lo mescola ai delinquenti.

Pare che non ce ne siano altri da caricare perché la prossima tappa è la Questura. Sarti Antonio, sergente, aspetta sulla porta, li controlla uno per uno e dice:

– Venitemi dietro! – Una fila di nove individui: dai barboni all'architetto, dallo straccione dei gialli all'impeccabile tecnico comunale. E davanti a tutti, per le scale e i corridoi della Questura, Sarti Antonio, sergente.

E dietro tutti, a chiudere il corteo, Felice Cantoni, agente, che non ha ancora capito bene, come me, che cosa stia succedendo.

Sarti bussa da Raimondi Cesare, ispettore capo, ed entra senza aspettare l'«avanti». Dice agli altri, di fuori:

– Prego: accomodatevi –. Uno, due, tre, quattro...

Raimondi Cesare, ispettore capo, li conta mentre gli entrano in ufficio. Entrato l'ultimo, fa un cenno a Sarti che gli si avvicina. Domanda, sottovoce:

– Cosa vogliono?

– Le ho portato il pollo!

– Mi ha portato un pollaio...

Non ci sono sedie per tutti e cosí se ne stanno in piedi e aspettano: qualcosa deve succedere. E infatti succede. Sarti Antonio, sergente, comincia le presentazioni:

– I quattro: Gastone Grossi, Michele Spinola, Filippo Coco, Andrea de' Cerchi... – All'ultimo nome Raimondi Cesare, ispettore capo, abbassa la testa in un saluto, senza accorgersene...

– Antonietta Carioli: li teneva nascosti in casa sua... Il geometra Polacchi Franco, tecnico del Comune: ci darà alcune informazioni. Loriano Macchiavelli, scrittore di teatro e di gialli; è stato l'ultimo a vedere viva la defunta Imelde Scampini. Vincenzo Letizia, architetto, pittore, scultore, simulatore di rapine e malato quando gli fa comodo. La di lui consorte e figlia della defunta: Angela Scampini in Letizia. Mi pare che ci siano tutti.

Ha deciso di far colpo, per cui si siede sull'unica sedia disponibile e aspetta. Aspettano tutti; alla fine Raimondi Cesare, ispettore capo, dopo essersi studiato uno per uno i nove individui e aver guardato per un po' Sarti Antonio in faccia, chiede:

– E allora? – Sarti Antonio, sergente, si alza; l'ha visto fare in qualche film, passa in rassegna il gruppo e attacca:

– Adesso io racconto qui all'ispettore capo Raimondi Cesare come si sono svolti i fatti: ognuno di voi, quando sarà chiamato in causa, dovrà solo far di sí con la testa o smentirmi –. Aspetta un istante che tutti abbiano capito bene, poi parte:

– La defunta Imelde Scampini, una settimana prima di finire a martellate in testa, riceve la presente cartolina-invito dal Comune –. La porge al Polacchi Franco, distintissimo tecnico, che se la rigira fra le mani e dichiara:

– Non è stata spedita dal Comune: il francobollo lo testimonia. Né io l'ho mai timbrata, anche se c'è il mio timbro.

– Come lo spiega?

– Non lo so. Ma chiunque può entrare nel mio ufficio, prendere una cartolina che sta sul mio tavolo, metterci il mio timbro, che sta anche quello sul tavolo, uscire, comprare un francobollo e spedirla. Anche lei, caro sergente, ha frugato qua e là nel mio ufficio senza essere disturbato –. Sarti Antonio, sergente, dimentica la seconda parte del discorso e chiede: – Ma a quale scopo l'avrebbero fatto?

– Non lo so: non lo so proprio.

– E lei, lo sa? – chiede Sarti a Vincenzo Letizia.

– Cosa vuole che ne sappia, io! Viene a casa mia, mi porta in Questura come se fossi un ladro... Con mia moglie, poi! Cosa vuole che ne sappia io!

Raimondi Cesare, ispettore capo, nei suoi lunghi anni di servizio ha imparato almeno una cosa: non ci vuole fretta. Mai! Arriverà, arriverà! Sarti Antonio, sergente, continua:

– Non può darsi che qualcuno volesse parlare alla vecchia signora dei due fabbricati di via dell'Unione di sua proprietà?

E Polacchi Franco:

– Non credo. La storia è già definita da piú di un anno...

Sarti Antonio:

– Definita come?

Polacchi Franco:

– Come per tutta la via dell'Unione: esproprio.

E Sarti Antonio: – No, niente esproprio. I due fabbricati, il numero 1 e il numero 31, contrariamente a tutti gli altri della stessa via, non sono soggetti a esproprio.

Polacchi Franco:

– Lei è matto! – Sarti Antonio, sergente, spiega sul tavolo di Raimondi Cesare la pianta del centro storico e indica i due quadrettini bianchi. Polacchi Franco fa tanto d'occhi.

– Non è possibile! Questa pianta... questa pianta è stata alterata!

– È possibile?

E Polacchi Franco:

– È possibile: basta fare delle copie eliografiche in lucido, raschiare la simbologia scura indicante l'esproprio e quindi ristampare delle copie normali... Come queste. È possibile.

– E lei, architetto, cosa dice?

– Cosa vuole che ne sappia io! E perché interroga sempre me? Qui siamo in nove, mi pare.

– Perché lei è architetto e queste cose le deve sapere... Deve sapere come si può falsificare una pianta.

La storia comincia a farsi interessante anche per Raimondi Cesare, ispettore capo, che si rilassa sulla poltrona e socchiude gli occhi, beato. Sorride, anche. Dice:

– Va' pure avanti, caro Sarti, è vero, come si dice, va' pure avanti.

– Ho quasi finito. «Qualcuno» ha fatto credere alla cara, dolce vecchietta che fosse possibile, dietro compenso, stralciare i suoi due amati stabili di via dell'Unione dal piano degli espropri. A questo scopo il nostro tipo ha fornito alla signora Imelde Scampini la pianta falsa che vi ho mostrato. Lei è caduta nel tranello perché voleva troppo bene al suo ex casino: ci aveva passato tutta la vita. Cosí quella sera è uscita senza dir niente a nessuno per portare il compenso pattuito al caro amico: cinquecentottantamila lire. Quale posto piú tranquillo, meno frequentato dell'amato stabile di via dell'Unione? Adesso entra in ballo il tipo dei gialli. Infatti, se sbaglio mi correggi, questo tipo passa da via della Unione e trova la porta socchiusa. Entra e vede la vecchietta con una busta in mano. Vero?

Il «giallo» fa di sí con la testa.

– La signora Imelde Scampini però non ha tempo da perdere con l'intruso e lo congeda in malo modo: aspetta l'amico che, poco dopo, arriva. Gli versa il compenso e vorrebbe mandarlo via subito. Ma si sa che l'appetito vien mangiando: il tipo ha idea che si possano cavare altri soldi dalla miniera d'oro. E dice pressappoco cosí: «Cara signora, il nostro amico, quello che ci ha aiutato a modificare il piano regolatore, ha dovuto pagare delle persone e pertanto chiede un rimborso spese di altre cinquecentomila lire». Dico bene? – Si ferma e li guarda tutti. Nessun cenno dai nove:

– Molti di voi non possono saperlo. Vado avanti: la vecchietta, che non è poi cosí stupida, sente odore di ricatto e trova subito il modo di uscire dalla situazione. Le viene in mente che nel pomeriggio ha comprato una musicassetta da Borsari e Sarti: le canzoni d'amore sono il suo debole. Ha una pila di nastri in camera sua, ma tutti completi di contenitore esterno. Mette la mano nella borsetta, toglie il nastro dal contenitore (sempre con la mano nella borsetta, perché se mostra il contenitore si vede subito che si tratta di musica) e lo sventola sotto il naso del nostro. Gli dice pressappoco: «Caro amico, qui sono registrati tutti i colloqui che abbiamo avuto durante i precedenti incontri. Se non ti togli subito di torno, io ti denuncio per concorso in falsificazione di atti d'ufficio, per interesse privato in atti d'ufficio, per peculato eccetera...» Il tipo capisce di aver rischiato troppo e per mettersi al sicuro afferra la prima cosa che gli capita in mano, un martello che serviva alla vecchia per chiudersi dentro, e la fa secca. Ecco perché io, a pochi passi di distanza, non ho sentito le grida: non ha fatto a tempo a gridare. Il nostro amico prende i soldi e il nastro... Avrei voluto vedere la sua faccia quando si è accorto che conteneva *Le piú belle canzoni d'amore di Andrea Pappalardo* e non l'incisione degli incontri: avrei proprio voluto vederlo! Ha ucciso per un nastro da tremila lire! Magari l'ha anche tenuto, il nastro, visto quello che gli è costato! Perché buttarlo, poi? Cerca la cartolina-invito e la pianta falsa del centro storico: meglio non lasciare tracce compromettenti. Per questo rovescia a terra il contenuto della borsetta. Ma non la trova. Fuori intanto è cominciato il casino fra la polizia e questi quattro suonati, cosí il nostro pensa bene di togliere il disturbo. Se ne va e lascia aperta la porta perché, per chiuderla, ci vuole la chiave. E cosí la trovano i nostri quattro barboni i quali, oltre la porta aperta, trovano anche un cadavere fresco di martello, dolcemente seduto su una poltroncina rossa. Se dico male, correggetemi pure, fratelli.

Sarti Antonio, sergente, ha parlato senza sosta per un bel po', cosí adesso pensa di riposarsi. I quattro non fiatano: lo guardano e aspettano.

Raimondi Cesare non gli dà tregua. Chiede di nuovo:

– E allora?

– Tutto qui; il tipo ha continuato a cercare la pianta e la cartolina-invito dappertutto: nello studio del nostro architetto, nel suo borsetto, dietro i quadri... Una sola persona, oltre al sottoscritto e a Rosas, sapeva che la cartolina-invito e la pianta non erano piú in casa di Vincenzo Letizia. E glielo avevo detto io! Una sola persona, oltre al sottoscritto e a Rosas, sapeva che i quadri «rubati» si trovavano nel solaio di via dell'Unione 1. Gliel'aveva detto Rosas. Una sola persona si diletta di canzoni incise su nastro e una sola persona ha un nastro *Le piú belle canzoni d'amore di Andrea Pappalardo* privo di contenitore esterno. E il signor ispettore capo Raimondi Cesare può trovare detto nastro nell'ufficio del nostro amico a palazzo comunale.

Adesso finalmente ho capito anch'io. E ha capito anche Polacchi Franco, che non è piú elegante come prima: suda, è pallido e gli è spuntato anche uno strano tic. Sbatte senza sosta la palpebra sinistra e contemporaneamente alza il labbro superiore, sempre nell'angolo sinistro. Anche la sua voce non è piú come prima: è sottile come quella di un finocchio e striscia l'esse proprio come uno che sia nato e cresciuto sotto le due torri:

– Ma... ma cosa sta dicendo? Sono... sono tutte... Io ho dei nastri, certamente! Tutti ne hanno: anche il signor commissario, scommetto...

– No, io non ne ho proprio!

Sarti Antonio, sergente, lo tranquillizza:

– Tutti abbiamo dei nastri, certamente! Ma li abbiamo completi di scatola esterna, perché è cosí che si comprano. Tu, invece, nella fretta di tagliare la corda, ti sei dimenticato di raccogliere il contenitore. E lo hai anche conservato, il nastro, dopo che ti sei accorto che conteneva le canzoni. Hai fatto male: dovevi bruciarlo, gettarlo nel cesso, liberartene, perché su quel nastro troveremo anche le impronte della vecchia.

Polacchi Franco accelera i battiti di palpebra.

Raimondi Cesare, ispettore capo, si alza soddisfatto dalla sedia dietro la scrivania. Chiama ancora, con un cenno, Sarti Antonio e gli sussurra:

– E di tutti gli altri, è vero, come si dice, cosa ne faccio?

Sottovoce, Sarti Antonio, sergente, gli risponde:

– Per quello che mi riguarda, li metterei dentro tutti!

– Sí? E di cosa li accusiamo?

– Quei quattro di non aver denunciato il rinvenimento di un cadavere morto ammazzato, omissione di testimonianza e mancato rispetto al sottoscritto. Vincenzo Letizia e la gentile consorte di simulazione di reato. La signorina Antonietta Carioli per aver dato asilo a ricercati. Il geometra Polacchi Franco... – Raimondi Cesare, ispettore capo, lo interrompe:

– Questo lo so –. Rimane il tipo dei gialli. Che s'informa:

– Io posso andare? – Sarti Antonio, sergente, gli va vicino. Dice:

– Se dipendesse da me, tu saresti da tenere d'occhio: non devi essere normale –. Gli sorride sotto il naso e se ne va fuori: al bar. Un buon caffè è proprio il finale che ci vuole.

Glielo offro io.

21. ...e un brevissimo epilogo

Stiamo seduti sotto i portici, al tavolino del bar, di fronte alla Questura e, uno alla volta, li vediamo uscire tutti: il sole tiepido di una primavera che promette bene ci entra nelle ossa e asciuga dall'umidità dell'inverno. Nel fondo della tazzina, lo zucchero non sciolto si fa di cristallo scuro.

Vincenzo Letizia, architetto-pittore-scultore: serio, a capo chino, pensa forse a cosa si potrà realizzare con la vendita di due immobili soggetti a esproprio. O pensa a come pagherà i debiti... La moglie, Angela Scampini in Letizia, gli sta appesa al braccio: è triste per la morte della madre... Si guarda attorno e ci vede, seduti al bar. Abbozza un sorriso e dà di gomito all'artista che alza il viso e ci rivolge uno sguardo da cane bastonato: sorride a Sarti Antonio, sergente, ma solo con le labbra. Tutto il resto del viso continua a essere da cane bastonato. Il prossimo è il tipo dei gialli: alza il braccio e ci urla: «Ehilà!» e se ne va per la sua strada come se niente gli fosse accaduto. In effetti credo proprio che di tutta la storia a lui interessi solo la parte relativa all'affitto della cameretta di un ex casino di via dell'Unione 1. Adesso deve andare da Franca: ha da raccontarle una storia di matti...

Gastone Grossi, Michele Spinola, Filippo Coco e Andrea de' Cerchi: ognuno ha i suoi problemi. Escono, uno per volta, come indiani sul piede di guerra e cercano qualche amico, fuori dal portone, con la speranza di non farsi notare. Tagliano per quattro direzioni diverse: dopo tanto tempo insieme, adesso cercano una solitudine che serva a pulirli dai ricordi di una brutta notte. E se ne vanno, senza una parola, un cenno di saluto, fra loro...

Ultima Antonietta Carioli, e Sarti Antonio, sergente, l'aspettava. L'aspettava tanto che si alza e le va incontro e mi lascia solo al tavolino del bar sotto i portici.

Si guardano in faccia ed è Antonietta che sorride per prima. Non so cosa si dicano, ma parlano fitto, sottovoce. Poi se ne vanno, uno a destra e l'altra a sinistra: non si sono neppure sfiorati. Avevano paura... Sarti Antonio, sergente, si volta prima di girare l'angolo e mi grida:

– Non aspettare Polacchi Franco! Quello se ne va sul cellulare dall'uscita automezzi!

Ha la voce strozzata, come se avesse in gola qualcosa che non va né su né giú:

– Ti saluto!

Lo saluto anch'io.

Postfazione

Nota in margine a questa edizione
di Loriano Macchiavelli

È il mio terzo romanzo giallo. L'ho scritto nel 1975 ed è stato pubblicato nel 1976 nella bellissima e mai abbastanza rimpianta collana «Gialli Garzanti», quella con la copertina gialla e due occhietti neri e sbarrati in alto a sinistra.

L'illustrazione della copertina era essenziale ma efficace: quattro semplici linee orizzontali ad angolo e una verticale stilizzavano una stanza nel mezzo della quale stava, sdraiata sul pavimento e a faccia in giú, una donna in sottoveste e senza le scarpe dai tacchi alti, che erano gettate lí accanto. Sul fondo, una finestra dalle persiane chiuse velate da una tenda.

I raffinati, quelli che hanno sempre un vocabolo elegante per dire cose sconvenienti (sconvenienti per chi, poi?), i casini li chiamavano «case dalle persiane chiuse». Fra l'altro, casino mi sembra una parola piuttosto efficace per quello che vuol dire.

Ombre sotto i portici dunque: negli anni Settanta, i casini erano stati chiusi da un bel po' grazie alla legge Merlin. Qualcuno ricorda la legge Merlin?

Se andate a cercare Merlin Angelina su un'enciclopedia, trovate la sua data di nascita, quella di morte e due righe che spiegano che la senatrice socialista presentò al Parlamento italiano, e fece approvare, una legge per la chiusura dei casini. Nel centro storico di Bologna ce n'era una quantità esagerata in rapporto al numero di abitanti di allora.

Ma per Bologna non era e non è una cosa anomala. Pensate che nel 1700 a Bologna c'erano oltre dodicimila prostitute regolarmente autorizzate alla professione e iscritte nel libro della loro compagnia, una specie di albo professionale. Ce n'erano quasi altrettante non iscritte (oggi si direbbe «in nero» e chissà cosa darebbe il ministro Tremonti per farle «emergere») e per una città di poco piú di sessantamila abitanti, mi sembra un bel record.

Furono molti, in quel 1958, dopo l'approvazione della legge Merlin, che piansero.

Sempre negli anni Settanta, il democratico Comune di Bologna era noto per il suo piano di salvaguardia del centro storico. Mostre su come si intendeva conservare un patrimonio straordinario di storia, arte e cultura viaggiavano per il mondo. Un fiore all'occhiello.

Venite a vederlo oggi quel fiore all'occhiello. Venite a vedere come l'hanno ridotto.

Ma questo non c'entra con il mio romanzo.

C'entra però il piano di salvaguardia del centro storico di Bologna perché è da lí che sono partito. Il piano aveva vincolato una quantità di zone nelle quali non era possibile intervenire e i vincoli edilizi avevano scatenato una caccia all'ultimo sangue alle zone edificabili. Ma, come sapete di certo, la speculazione edilizia non si è mai fermata, e non si ferma, davanti a niente.

Le zone dov'era possibile costruire divennero miniere d'oro, e quelle dove non si poteva si fece di tutto per trasformarle in edificabili. Niente fermava gli speculatori e un vecchio casino abbandonato, in pieno centro storico, era troppo invitante per non provarci.

Sono partito di lí e ho denunciato i costi drammatici delle abitazioni. La conservazione del centro storico di Bologna non era certo per i bolognesi. Non per la maggior parte di loro, che erano pochi quelli che potevano permettersi un metro quadrato di appartamento. Ne scrivo, a un certo punto del romanzo, ma fate attenzione, le cifre che riporto sono del 1976. Provate a trasformarle in euro di oggi, calcolate l'inflazione e vedrete.

Poi, per chi ha buona memoria, c'erano gli extraparlamentari. Gran brutto periodo, come vedete. Oggi gli extraparlamentari non ci sono piú, ma è un gran brutto periodo lo stesso. C'è Bush, c'è Saddam Hussein, ci sono la Palestina e Israele e c'è tutto quello che c'è. Si stava meglio allora?

La quarta di copertina della prima edizione riportava:

> A Sarti Antonio, sergente, sulle prime sembra un caso davvero facile. Chi può essere stato a far fuori la vecchietta, pensa Sarti Antonio, se non uno dei quattro extraparlamentari che egli stesso ha visto entrare in casa della Scampini all'ora del delitto? E anche l'ispettore capo Raimondi Cesare una volta tanto è d'accordo: sono stati senza dubbio i quattro giovani. Poi, sul piú bello, per Sarti Antonio tutto si complica: non solo non riesce a trovare i quattro, ma si accorge anche che la famiglia Scampini (gli eredi Scampini) racconta troppe bugie. Allora Sarti Antonio, sergente, pensa di ricorrere a Rosas...

Avete notato come si è evitata con cura la parola «casino»?

Nel romanzo, come avrete letto, la vecchietta, la Scampini, viene trovata uccisa nel vecchio casino del quale era tenutaria. Non in «casa», come riporta la copertina. Ci tornava spesso in quel casino, forse per rivivere un po' della sua gioventú.

4 ottobre 2002

Indice

Stampato per conto della Casa editrice Einaudi
presso Mondadori Printing S.p.A., Stabilimento N.S.M., Cles (Trento)

C.L. 15754

Edizione						Anno			
4	5	6	7	8	9	2005	2006	2007	2008